蔡澜作品自选集

卷五

蔡澜 著

夜雨賞荷

生活·讀書·新知 三联书店

图书在版编目（CIP）数据

夜雨赏荷 / 蔡澜著. ——北京：生活·读书·新知
三联书店，2013.10
ISBN 978-7-108-04702-1

Ⅰ．①夜…　Ⅱ．①蔡…　Ⅲ．①人物评论-中国②回忆
录-作品集-中国-当代　Ⅳ．①K820②I251

中国版本图书馆CIP数据核字(2013)第190049号

责任编辑　徐国强
装帧设计　蔡立国
责任印制　徐　方
出版发行　生活·讀書·新知三联书店
　　　　　（北京市东城区美术馆东街22号 100010）
网　　址　www.sdxjpc.com
经　　销　新华书店
印　　刷　北京隆昌伟业印刷有限公司
版　　次　2013年10月北京第1版
　　　　　2013年10月北京第1次印刷
开　　本　880毫米×1230毫米　1/32　印张 9.5
字　　数　178千字　图16幅
印　　数　00,001-10,000册
定　　价　35.00元
（印装查询 010-64002715 邮购查询 010-84010542）

三联版总序

最初写作，是将过往的生活点滴记下，已是三十多年前的事。在报纸的专栏写了一些，终于足够聚集成书。倪匡兄说："也好，当成一张名片送人，能写出一本，已算好的了。"

每天写，不断地努力，不知不觉间，书也出版了两百多本。如今看来，其中有些文字已过时，有些我自己不满意，也被编入书中。

认识了汕头三联书店的李春淮兄，他建议由三联出版我的全集。我认为与其出版全集，不如出版自选集，文章是好是坏，自己清楚。

与北京三联书店的郑勇兄谈妥，以《蔡澜作品自选集》为题，计划每辑四册，总共出七辑二十八册，收录这三十多年来的文章。略觉不佳的，狠心删掉；剩下来的，都是自己觉得还过得去，和大家分享。

此事由李春淮兄大力促成，书面市时，汕头的三联书店已经因购书者稀少而关闭。特此以这集书，献给他。

蔡澜

2012 年 11 月 22 日

目 录

走进办公室的是一个长得很高的女人。

她不能说是很美。

"你好，我姓张，张爱玲的张。"女人伸出像钢琴家的手来给我握，很细长耀眼："法新社的严先生介绍的。"

严先生是新闻界中被尊重的长者，不太轻易为一个陌生女子做这种事，为了她，严先生率先亲自来电话，而这个女人以名作家的姓和自己拉在一起，表示爱看书，初次见面，第一句话就想留深刻的印象给对方。

"请坐。"我客气地说。

女人身穿一件 Leonard 的薄绸衣服，但没有该厂的典型妖艳的花纹，只选最不抢眼的黑白短裙，露出修长的小腿。

"你和严先生是怎么认识的？"我当然要摸清两人的关系，但在我还没问出口时，她已经——

"严先生来巴黎开报业大会时，我做过他的翻译。"接着她说："法国住了三年，法文还是不太灵光，我在纽约也工作了两年，是当时装模特儿。"

静的也行，动的也行，真厉害。

"巩俐和我是同班同学。"她说，"我想来香港试试，要是做不成演员，我想当导演。在巴黎大学，我学的是编导。波兰斯基在我们学校教过，费里尼是我们的主任教授。"

波兰斯基给美国赶出来后一直住在法国，在大学教课有可能，但费里尼已逝世，死前也没听过他要去法国教书，这点不对。

看到我的眉毛翘起了一边，她说："你不相信，我可以将大学毕业文凭传真过来给你看看。"

我陪着笑。

"呀，"她说："香港人可真复杂，没那么容易信任别人。欧洲人就比较热心，尤其是西班牙人，他们每天就是 Amour Amour 地，无时无刻地恋爱。"

是的，我也知道西班牙人不错。

"我们大陆更糟糕。"

她终于说出了她的出处，与我猜想的相同。

"像我这么一个单身从哈尔滨来的女人，要出国，可真不容易。"她说："我千方百计，才弄到一张玻利维亚的护照，现在我什么地方都能去，这世界上再也没有一个人可以阻止我。"

大陆的这些女人，实在令人叹为观止。

"我将我在外国这么多年来的生活经验，写成了一个剧本。这种戏比较有生意眼，一个女人在外国的挣扎，观众一定爱看。"

未必吧，我心想。

她似乎看到我的猜疑，即刻说："其实我真正想拍的是文化大革命的那段事情，这个故事背景太伟大了，我想告诉世人，一个女子无亲无故，是怎样地挨下来的。当年的生活，是多么地悲惨！能够生存，一定有过人之处，戏拍出来一定卖钱。"

我正要说已经没有人爱看文化大革命的事时，她说："我知道，也许这种题材已经有人拍过，或者过时。还是我刚才讲的第一个故事有把握，我们可以加很多床上戏。像她去求人时，是怎么给人家占便宜的部分，有情欲的镜头，是很自然的。"

一个藉藉无名，又没有演戏经验的演员，即使脱衣服，也不一定有人买票。

"剧本在我酒店。"她媚着眼，"你可以到我房间研究研究。"

我清了喉咙，但没有跟她走的意思。

忽然，她发作起来："你们男人都是没有良心的！"

这跟有没有良心有什么关系？

不等我出声，她喋喋不休地："你们只会利用我的身体。在大陆也是一样，在巴黎公寓的包租公也是一样，在纽约的餐厅老板也是一样。没有一个人同情过我！你们都只有一个目的，那就是我的身体了！"

我没有要你的身体呀！我的小姐，我站了起来，想下逐客令。

呜，呜，她哭了出来。

对付这种女人，只有打电话叫警卫，我伸手过去——她整个身体扑前，两手按着电话筒。同时双臂一夹，低领中胸前的两团东西像要掉出来似的："你就算可怜可怜我吧。给我一个机会，我再也不想回到洋人的社会。要给，也给自己人。您不肯来酒店，就在这里好了，您要是怕，我可以……"

她张开了嘴巴。

我伸出手，向她摸去。

她闭上眼。

我抚摸她的头发，她静了下来。大概是很久，已经没有人摸过她的头发了。

将她由椅子上扶起，我送她出门口。

"您为我打一个电话，我就乖乖地走，您能答应我吗？"

我点点头。

"您一定认识区丁平导演，你替我介绍一下。"

想起法新社的严先生，我明白了，无奈地点点头。

她大喜，眼泪即刻停止，扬长而去。

关起门，舒了口气，这时才发觉，从头到尾，我只讲过："请坐"两个字，下次学会连这两个字也不说了。

年轻时居东京新宿区柏木町，一间叫"绿屋"的木制公寓。路口是屋主开的店铺，专卖面豉，做 Miso 汤，不愁没有原料。

屋主是位大肚腩的中年汉子，非常勤劳，人和善，常把酱着面豉的红腊鱼肉拿给我们送酒，永远是笑嘻嘻。他的口头禅是做人真好。

太太又瘦又干，除看店，一切家务完全由她负责，服侍着胖丈夫和儿子。

和我们一个年纪，屋主的儿子把一个染成金发的乡下少女带回家，父母亲疼爱、责骂之余，无奈地让出一间房，给他们同居。

"绿屋"一共有八个单位，屋主与儿子占二个，我们一个，其他的都住着酒吧的妈妈生或陪酒女郎。

学校上了两堂课，已发闷，从此逃学。我们的日语，都是由妈妈生们教导的。

东京酒吧十二点便打烊，她们回家后余兴未尽，就抓我们到她们的闺房喝酒，东一句，西一句，聊了起来，酒喝得越来越多，醉了，便拥抱而睡，也没什么越轨行动，否则便变成强奸老妈子，是不可饶恕的。

日语逐渐女性化，更是不可饶恕。赶紧每天泡电影院，挑选一部石原裕次郎主演的片子，一看就看它两个星期，每天看四场，同样的电影，对白看得滚瓜烂熟，出口成章。十四天下来，日语已是雄赳赳的了。

我们在公寓中受欢迎的主要原因，是烧菜烧得非常出色。

看完电影，顺道到"伊势丹"百货公司的地库食品部，买一大堆猪手回家，另购一个餐厅厨房用的大肚锅，把猪手洗净扔进去，滚水，加酱油、五香和冰糖，煮个两小时，香喷喷的味道，早已吸引不少邻居。连屋主也笑嘻嘻地来家赖着不走，先给他来一大碗，吃得他连手指也噬了，大叫做人真好。

公寓没地方摆冰箱，那一大锅红烧猪手哪吃得完？便打开窗口，放到外面，天寒，不消数分钟，已结成猪肉冻。

肉冻更是妈妈生们的"大好物"，日语的最喜欢吃的东西的意思。

"快去拿些碗碟来！"妈妈生下命令。

住在其他公寓的吧女，虽然不在妈妈生店里工作，但职业上的身份究竟低过妈妈生，平时也听她们指使。

大肚锅猪手像永远吃不完，剩下的浓肉汁拿来卤蛋，第二天晚上拿到吧女闺房喝酒，东一句，西一句，聊了起来，酒喝得越来越多，醉了，便拥抱而睡。年纪相若，当然有越轨行动。

我们的公寓，最初只有一个叫苏进文的同学和我一起分租。夜夜笙歌的吸引，搬来了老李，接着是徐胜鹤，和一个我们叫老老的跳芭蕾舞的同乡，白贵池和刘奇俊，用手指一算，九叠大的小房子，一百六十二平方英尺，住了七个人。

其中老李更是烹调高手，家里钱一寄到，我们成群结队地又跑到"伊势丹"的地库去，大包小包捧回家。

这次可没有猪手那么寒酸，大鱼大肉地，星期六晚上，来个"豪门"夜宴，一煮就是数十道菜，整栋公寓的人都请来了，食至天明。

星期日下午的阳光，似特别温暖。屋主懒洋洋地，抱着那个大肚腩，在院子中日光浴，说声做人真好。我们房客都在议论，这肚腩如果没有珍·曼斯菲尔德的巨乳那么大，也至少是有环球小姐的三十八英寸胸。

不长进的儿子对他父亲的肚腩最感兴趣，走过时摸了一下，给他老子痛骂衰仔。

钱都吃光，剩下来的日子也过得很舒服，再次去"伊势丹"。向卖鱼摊子的老头，免费要了一个他要扔掉的鱼头。

哈哈，又有鱼头沙煲可吃，将它炸了一炸，又到吧女们处找到大白菜、冬菇等材料，向屋主要了一些面豉，当然是品质最佳者，买豆腐的钱还是有的，统统扔进那个大肚锅中，又是丰富的一餐。

过年屋主穿了质地高尚的和服，拿了一包面豉来拜年。和服这种东西设计得最合理的了，不像裤子那么管束腰围。左右一包，缠上条带，任何尺寸都适合，屋主的和服姿态非常庄严优雅，和那个大肚腩衬得完美，是我们这些高瘦的年轻人永远学不到的样子。

春天一片芽绿。屋主的家，半夜传来一阵嚎哭声，是屋主因轻微的伤寒，急病而死。

整栋公寓也和死一般地寂静。

守夜那晚，依日本人习惯，丧家准备了大量的寿司宴客，还有数不尽的大瓶清酒。

不长进的儿子说："爸爸昨天解剖，我说什么也要去看他那大肚腩，是什么东西。"

"是什么东西？"妈妈生和酒女们追问。

"都是肥膏，至少有一英尺厚。"儿子说。

我们想开玩笑，说把它拿来红烧多好，但是说不出口。

大家都发现闹一晚，净是喝酒，肚子一点东西也没有，就拿出那个大肚锅来打边炉，把铺在饭上的生鱼掀起来扔进锅中，灼热了来吃。

"都是吃你们的猪手吃死的！"小吧女醉后胡说八道。

大家听了都要揪着她来打。吧女嘻笑逃走，给妈妈生挡着去路，按倒地上，搔她的胳肋底。屋主的太太媳妇也前来参战，众人你压我我压你，乱成一团。不长进的儿子喘着气，叫道："做人真好。"

禇绍灿比我小十岁，但他拜师早一星期，从此以师兄称之。

刚好是冯康侯老师的小儿子去世，我们问老师是不是暂停一阵子，再来上课。老师摇摇头："失去一个，得了两个。"

之后，我们每星期上一堂课，由王羲之的《圣教序》开始学起。因为老师说："书法主要学来运用，并不是学来开书展。草书太草，楷书太死板，还是行书用得最多，学会了《圣教序》，日常写字，都能派上用场。"

绍灿师兄跟老师之前学过书法，底子很强。我则一窍不通，从头开始。

绝对不是因为他先学过，我赶不上他。主要是绍灿兄很勤力，我很疏懒。

临了一两年碑帖之后，冯老师才教我们篆刻。这时我兴趣大至，特别用功。老师认为我刀笔朴茂，尤近封泥，送一副对联鼓励，但是禤师兄已牢记甲骨金文和大小篆，刻印的技巧和布局，面目丰富，强我许多。

老师自童年至八十岁，一生奉献于书法、篆刻和绘画，对我们发问的问题，无一不以深入浅出的方法解释，但我还是有许多听不懂的地方。放课之后，在附近的上海小馆中一面喝啤酒，一面请教禤师兄，得益不浅。

东西是吃不下了，因为在上课时，老师虽然收了我们一点象征性的学费，但是每一课都和师母一起喝汤。老师又爱吃甜品，有个糖斋的别号。什么蜜饯糖水，吃之不尽。

"你们与其向我学书法，不如向我学做人。"老师说："做人，更难。"

学问是比不上禤师兄了，但我们两人在老师影响下，个性同样地变得开朗豁达，受用无穷。

眼看禤师兄拍拖、生儿育女。现在子女都长得和他一般高了，他还是老样子，每天在上海商业银行上班，回家后做功课，十年如一日。

我的生活起伏较多，书法和篆刻荒废已久，但有时受人所托，刻个图章。布局之后，也要先请教于师兄，看看有什么篆错之处，才敢拿去见人。

当年我住嘉道理山道，绍灿兄的办公室在旺角，我们一星期总有几天去一家小贩和清道夫麇集的"天天"茶楼吃早餐，阔谈文章。虽然不是酒酣耳热，但也有宋人刘克庄所说："惊倒邻墙，推倒故床，旁观拍手笑疏狂"的感觉。

不断的努力之下，褟师兄几乎临尽历代名碑帖，看他写字的时候，笔锋左右摇动，身体也跟着起了波伏，已经学到老师所说的"撑艇荡漾"的境界。到这地步，已经着迷，领略书法给予人生的欢乐。

而我呢？远远不及，只能坐在岸边旁观罢了。

现在褟师兄借了好友赵起蛟夫妇的地方，在窝打老道和梳亚道之间的松园厦，每个星期一教课，好一些喜爱书法的年轻人都在那里练字。

向冯老师学习，褟师兄也只收些象征性的学费，目的还是一方面和年轻人有个交流，一方面自己进修。

偶尔，我也去上课，年轻人见到我，叫我师叔，有点武侠小说的味道。

"师叔，请过几招。"他们说。

我多数只是笑而不语。有时技痒，便讲出整张字中布局的毛病。教人我是不会的，但构图不完美，看多了总摸出个端倪，便倚老卖老地指指点点。

同学之中有一位是张小娴的表哥，任政府高职，人生有点不如意。自从我介绍去褟师兄处练字之后，利用书法分散注意力，对人间的冷暖，也看淡了许多。

每逢星期四晚上，褟师兄和一群志同道合的朋友，在庙街的"石斋"雅集。"石斋"本身卖文房用具和艺术书籍，并供应各地制造的书画纸。好友们就地取材，拿起毛笔便写字，闹至深夜，乐融融也。

师嫂非常贤淑，一直在当教员，还要负责家务，身子不是很好，我只能偶尔慰问，惭愧得很。她支持也欣赏丈夫的成就，从不诉苦。

依绍灿兄的修养，应该开个展才对，但他只在团体书法展中，拿几幅出来给人看看。

老师说过："个展这回事，也相当俗气，开展览的目的离开不了卖卖字画。来看的人，懂得欣赏的不多。有时还要应付些可能买画，但又无知的人。向他们解释哪一幅比较好，已经筋疲力倦。"

禤师兄大概有鉴于此，不肯为之吧。

还是默默耕耘，做培养下一辈的功夫。子弟之中，有些颇有灵气。要是他们学到禤老师的精神，今后自成一家，也毫无问题。

冯老师仙游，我们悲恸不已。好在有禤绍灿师兄，他对老师所说过所教过的一言一语，都牢牢记忆，变成一本活生生的书法和篆刻的字典。在他身上，我看到冯康侯老师生命的延长，非常欢慰。

奇怪吧？我也有过一位星妈。

当我很年轻，很年轻的时候，监制过一部叫《椰林春恋》的歌舞商业片，全部在马来亚拍摄，没有厂景。

女主角是当年最红的何琍琍。

电影、生活照看得多，本人没有见过，由公司派来。

听到关于她的消息，不够她妈妈多。

何妈妈是最典型的星妈，而当年的星妈，集经理人、宣传经理、保姆于一身，其权力和势力，绝非当今影坛所能想象得到的。

电影圈中人，都说琍琍很随和，没有架子，亲切可爱；最难搞的，是何妈妈。

年轻时天不怕地不怕，兵来将挡，何妈妈会有什么三头六臂？

我们先到，把外景地看好，接着便打 Telex 回香港，那边说由新加坡转国内机，晚上某某钟点抵达。

在小地方拍戏，大明星来到，是件轰动到可以调派政府军的地步。我们的车辆直驱机场跑道，去迎接她们母女。

螺旋桨的小飞机抵步，舱门打开，机场工作人员把扶梯推近，走出来的第一个人，便是何妈妈，她一身白色旗袍。最受注目的，也是印象最深的，是她戴着的白帽子，是貂皮做的。我的天，在南洋的大热天中！

接着是琍琍。记者的镁光灯闪个不停，何妈妈向各位微笑挥手，做足国家元首状。琍琍的样子依稀可在妈妈脸上看到，只是妈妈很瘦，变得脸有点长，两只腿露在旗袍外，像鸡脚。

我这种小监制，当然不看在眼里，没打招呼。

一路回到旅馆，门外已挤满了影迷，至少上千人，根本就走不进去。当地警察开路，影迷不肯退让，只好用卡宾枪的枪柄来撞，看到有些人被打得鼻青眼肿，还一直呼喊着琍琍的名字。

等到深夜，终于得到何妈妈的召见。

已下了妆，脸色有点枯黄，头发短而松，脱了帽子的关系，凌乱得很，样子实在吓人。

把手上那本人手抄写油印，封面四个大红字的剧本放在桌子上，何妈妈施下马威：

"你知吗，我们琍琍，是当今公司最宝贵的资产？"

"唔。"我回答，"怎么啦？"

"你难道没有看到，剧本上有一场在海边游泳的戏？"

我以为何妈妈要反对琍琍穿泳衣，但又不是。

何妈妈说："你这个当监制的，做好准备了没有？"

"什么准备？"我给她弄糊涂了。

"海里有鲨鱼呀！"何妈妈宣布，"万一我们琍琍被鲨鱼咬到怎么办？"

"浅水里哪来的鲨鱼？"我反问。

何妈妈翘起一边眉毛："你能保证？"

"这种事怎么保证？"我也开始脸红。

"所以问你有没有做好准备呀！"何妈妈的声音也越来越尖，"你可以叫人在外面钉好一层防鲨网呀！最少，你也应该准备一些鲨鱼怕的药水，放在水面，鲨鱼才不敢来咬我们琍琍呀！"

已达到不可收拾地步，我爆发了："这简直是无理取闹，你们琍琍要拍就拍，不拍拉倒！"

这时候何琍琍走了出来，没化妆，还是那么美艳。她每讲一句话都像撒娇："妈，那么晚了，快睡觉吧，明天一早拍戏，蔡先生还有很多事要做，别烦人家了。"

何妈妈才罢休，临行狠狠地望了我一眼，尖酸哀怨，令人不寒而栗。

倒祖宗十八代的霉，隔天就要拍这场游泳戏。

摄影组拉高三脚架，灯光组打好反光板，男主角、导演、助导、场记一群人都在那里等待，但女主角不肯下海，就不肯下海。

琍琍穿着蛮性感的泳衣，身材一流，好莱坞明星比例都不够她好。

但是没有妈妈的许可，她不能动。

快把大家急死的时候，我领先脱了衣服，剩下条底裤，扑通一声，跳下了海，向何妈妈说："鲨鱼要咬，先咬我！"

众人望着她们母女，何妈妈最后只有答应琍琍拍这场戏，琍琍望着我，笑了一笑，好像是说我有办法。

之后整部戏很顺利地拍完。何妈妈也不像想象中那么难应付，她出手大方，差不多每天都添菜宴请工作人员。

杀青那晚，大家出去庆祝，我留在酒店中算账，从窗口望出，见何妈妈一个人在走廊徘徊。

原来何爸爸也跟着大伙来拍外景，而何爸爸在吉隆坡有位二奶，临返港之前和她温存去也。

我停下笔，走出去，把矮小枯瘦可怜的何妈抱在怀里，像查理·布朗抱着史努比，何妈妈这时才放声大哭。

"我的儿呀！"她呜咽。

从此，我变成何妈妈的儿子，她认定我了。

电影圈中，我遇到任何困难，何妈妈必代我出头，百般呵护。何妈妈虽然去世得早，但我能吃电影饭数十年，冥冥之中，像是她保佑的。

琉璃

见面时，我们不禁地拥抱。

岁月在我们身上都留下痕迹，但她还是回忆中的那个少女，一个不断地追求精神上更高一层次的女人。

刚认识时，她已是位出色的演员。我们一起在东京拍戏，工作完毕，到一家小酒吧去。本来清清静静，给我们又唱歌又闹酒，气氛搞得像过年。是的，那是旧历年的除夕，日本不过农历年，只是个平凡的晚上。我们身处异乡，创造自己的年夜。

另一年的元宵，我们一起到台湾北港过妈祖诞，鞭炮的废纸，在街上铺了一层又一层，有如红色的积雪。

从来没见过人民那么热烈地庆祝一个节日，各家摆满十数桌酒席，拉路过的陌生人去吃饭，越多人来吃，才越有面子。

烟花堆成小山，已不是噼噼啪啪地放，而是像炸弹一声轰隆巨响，刹那间烧光一切。

看个地痞变本加厉地拿个土制炸弹掺进烟花中，爆炸的威力令我们都倒退数步。

"虎爷不见了！"听到人家大喊。

这个虎爷是块黑漆漆的木头公仔，据闻是在百多年前由大陆请神明请到台湾来的。北港的人民当它是宝，给那个土炸弹爆得飞上天空失踪了，找不到的话，人民迷信将有一场大灾难。

混乱之中，有些流氓乘机摸了她一下，我们这群朋友看了火滚，和他们大打出手，记忆犹新。

好在大家都没有受伤，虎爷也在一家人的屋顶上找到了，一片欢呼，结束了疯狂的一夜。

从此，二十年来我们再也不碰头，但在报上、电视上常看到她的消息，由一个专演娱乐片的明星，到拍艺术片，连续了两届影后的她，忽然地息影了。

电影这一行，始终是综合艺术，并不个人化。好演员要靠好的导演栽培。成为大师级的导演，又是谁出钱给他拍戏的呢？还不都是庸俗的商人。

她寻求自我中心的满足感，终于找到了琉璃艺术这条路。

听到这消息，真为她高兴。这个艺术领域，还是很少人去琢磨的。

书法、绘画、木工、石雕等等，太多大师级的人物霸占着一席。如果大家都是以艺术家身份来互相欣赏，那倒无所谓。令人懊恼的是浑水摸鱼的人太多，攻击来攻击去，已不是搞艺术，而是搞政治了。

琉璃艺术在西周，三千多年前，已兴起。历代以来产生了不少的光辉，到清朝还在烟壶上努力过。近代东方人一直忽视了这门工艺，反而是西方，深予重视。

美国的 Tiffany，捷克的 Libensky 的作品，我在世界的各大博物院中都曾经见过。二十世纪初的西方装饰艺术（Art Deco）中，琉璃作品里也大量运用中国器皿概念，这门艺术，应该在东方发扬光大才对。

有时看来像翡翠，有时看来像玛瑙，有时看来像脂玉，有时看来像田黄。琉璃艺术品的颜色变化多端。

这种法国人所谓的水晶脱蜡精铸法（Pate-de-Verre），是将水晶的原料，加入发色的酸化金属，在炉中高温熔化而成，过程复杂到极点。多年来，她一天十几个小时，就算酷暑炎午，她还是在摄氏四十度的高温下工作，失败又失败地重复之下，得到的成果，来得不容易。

作品《玫瑰莲盏》中，水晶脱蜡精铸法已发挥到淋漓尽致的地步。碧绿的莲叶，含着那朵鲜红的小花朵，像一块刚挖出来的鸡血石，是大自然混合出来的斑点，意境极高。

众多作品，我最喜欢的是《金佛手药师琉璃光如来》。一只金色的手臂，隐藏着面孔慈祥的佛像，概念是大胆而创新的，这是从来没有看过的造型，应该说是她的代表作吧。

法国的巴克洛和达利克把琉璃艺术发展在商业装饰里，开拓了广大的世界市场，为国家争取了不少的外汇。

我们见面时，问过她是否会走法国人的商业路线？

她笑笑，表示留给她的伙伴张毅去做，自己只攻创作。其实她的作品中的"悲悯"和其他不同的主题，是外框很厚的玻璃砖，中间藏着各类雕塑，很适合建筑美学上用，能将一栋平凡的墙砌成一件艺术品。

在我三十多年的电影生涯中，认识的女明星不少。家庭破碎的也有，潦倒的也有，消失的也有。

我也认识很多后来成为贤妻良母，家庭美满的演员，俗人知道也好，不知道也好。

她应该是最幸福的一个吧。看到她的表情，很像《芭贝特之宴》一片的女主角，用尽一切为客人做出难忘的一餐。

人家问她："你把时间和金钱统统花光，不是变成穷人吗？"

芭贝回答："艺术家是不穷的。"

朋友常问说我写的人物，是不是真有其人？在她的例子，是真的。她的名字叫杨惠珊，又叫琉璃。

羊人

林中松从小就对婚姻有恐怖症。

双亲离异之后，他一直是家长争取的对象，这里住几年，那里住几月，跟父亲，再跟母亲。和谁在一起，长辈都讲对方的坏话。中松拼命钻在书本之中，才有另一个天地。

我们这群孩子，中松最聪明，他学什么东西，一学就会。我们用一个木头的针线轴，一根筷子，卷起一条橡皮筋当战车时，中松把几个木轴拼在一起，在轴边刻了齿轮，做出一架极复杂的起重机。

长大后我们都有女朋友，他倒是最慢接触女性的一个，一和女孩子去看电影，回家后便发现他所有的衣服，被他母亲剪成碎片。

中松从此再也不交女友，他发誓他一生不会结婚，但是到最后，我们这群人，是他结婚的次数最多，一共娶过五个老婆。

事情是这样的，林中松和我一起到日本去念书，我在东京，他选中了京都，日本语对他来讲一点也不困难，他一下子已研究了所有的古文学，当大学讲师没有问题，但有哪一个日本人肯请一个嘴上无毛的小子去讲自己的文化？结果林中松唯有在私塾中教基本的英文文法。在那里，他遇到了佐藤寿美。

佐藤一心一意想当一个美国的流行画家，去纽约是她最大的愿望。为了把英语学好，她不断地亲近这位年轻的老师，到最后搬进中松的家，和他同居。

糊里糊涂地，中松娶她为妻。结婚之后，佐藤发觉中松除了英语讲得极棒之外，传统观念很深，在家穿着和服，喝面豉汤，对茶道一丝不苟地，依足古法炮制，他简直是一个日本人！

终于留了一张字条，佐藤寿美跑到美国去了。

中松开始流浪生活，欧洲游历一番后，定居于巴黎。在一家专门卖东方书籍的店铺中当店员，一方面自我进修拉丁文。拉丁文一学会，许多欧洲文字跟着上手，他在短短几年，已能讲二十五种不同的语言。

书店老板的女儿米雪，从小读东方文化，对中国人有很深的憧憬，近水楼台地被中松吸引，决定嫁给他。

日本老婆可算成遗弃，婚姻已无效。中松和米雪走进了教堂。

米雪是大小姐，从来不走进厨房一步，中松笑嘻嘻地烧了许多地道法国菜给她吃，和她一起到卢浮宫，中松详细地讲解每一张法国绘画的历史背景。一年米雪到东方旅行，中松要看店走不开，她单独一人来了香港，打电话给我。老友妻，我请她吃饭。

"我已经决定离开他了。"米雪告诉我。

"你有了情人？"我开门见山地问。

米雪摇摇头："我想嫁的是一个中国人，中松是法国人。"

这次的离婚手续双方同意，办得很快，中松又遇到了一个德国籍的犹太少女汉娜。年纪渐大，青春气息是中年男子难于抵挡的。

婚后他们搬到法兰克福去住，中松喝德国啤酒喝得有个小肚。他深深地研究德国历史，引证了希特勒的出现，是有它的前因后果的理论。

这可犯了犹太人的大忌，汉娜的父母极讨厌这个自己辩论输给他的中国人。一方面，少女花心，已搞了好几个法国男友。两人的相处，已达到互不能容忍的地步。

离婚后中松搬到伦敦，在一间专门放映艺术片的戏院中邂逅了电影学校毕业的英国少女菲奥拉。从《战舰波将金》到《大国民》，中松数电影的经典，比任何图书馆更详细。菲奥拉发现了一个宝藏，一个谈不完的对象。

两人结合，中松一晚看电视，正播着足球赛，他变成利物浦队的球迷，从此的话题离不开足总杯。

菲奥拉忍受不了中松每晚上到附近的小酒吧，手握一杯 Bitter 和周围人看电视中的球赛。她更憎恶在下午茶时，中松为她做的青瓜三文治和鳗鱼冻三文治。

经过四次婚姻的失败，中松有一天向自己说："我的毛病在太像外国人，我只有搬到北京去住，才能改进。"

在北京，他最后一次地和小娟结了婚，中松说得一口京片子，但是过了几年，老婆还是逃到香港去。很讽刺地，她一直想嫁一个外国人。

中松不只对婚姻，对人类，他也感到失望。

我这次到澳洲拍外景，剧中需要一些动物演戏，找了《猪唛小宝贝》的驯兽师来开会，突然又与中松重逢。

"我只不过负责一小部分。"他说，"戏里需要一大堆人指导动物，猪是另外的人训练，我专管羊群。"

原来中松到了澳洲的农村住下，开始养羊，越生越多，他对羊只的交配，有他的一套，许多人都要老远地赶母羊群到他的农场去，才能生出小羊。

一位很粗壮，但很友善的澳洲女人依偎在他的身边。

"我在考虑再结多一次婚。"他说。

"不怕后果吗？"我问。

中松望着远处，幽幽地说："这次不会出错了吧，我不过是像一只羊。比起人类，她更爱动物。"

A 货

为了拍《霹雳火》那部电影的一场赛车，我到日本的下关去看外景。

这地方乡下得不能再乡下了。唯一值得一游的，是它盛产鸡泡鱼河豚。

一大早，海边的菜市场中便有河豚出售，是渔夫们一船船运到这个港口来的。

我见到了一个熟悉的背影，绝对错不了，那是我的老同学佐藤。

佐藤在十多年前"人间蒸发"，这是日本的名词，说一个人忽然间没影没踪，不见了的意思。

真想不到能与他重逢，我大叫一声："佐藤！"

他愕然地回首，看到我，用手指在嘴边嘘了一下，打眼神要我和他一齐走开，其他的渔夫，都用奇怪的目光看着我这个陌生人。

"别叫我的名字。"他说："我在这里，他们都以为我姓新井。"

我们走进一间小酒吧，普通人的清早，是渔夫们的深夜，有间酒吧，专做他们的生意。

"你为了什么人间蒸发的？"我问。

"唉！"他长叹了一声："为了一樽药丸。"

"药丸？"

"是的。"他说："我有胃病，随时要吃药。"

"那又和你离家出走有什么关系？"

"你听我说嘛。我的太太叫美香，你也认识。"

美香，我想起来了，她是我们学校的校花，多少人想追也追不到，想不到嫁给佐藤这家伙。

"你很幸运。"

佐藤不出声了一阵子，然后说："怎么美丽的女人，结了婚，都会变的。"

"她对你不忠？"

"不是，她是个贤淑的女人。不过，她太小心眼。"

"所有的女人都是这样的，这是她们的天性。"

"我也知道，所以我一直忍着。"佐藤说，"毕业之后，我考进电通公司，负责拍广告，算是有福，步步高升，后来还当上部长。"

"哇，在那么一个大机构，做部长可不是容易的。"

"收入也不错，但是当我想花点钱的时候，我老婆总是说：

'老了之后怎么办？'我说有医药保险，有退休金呀。但我老婆说，'怎么够？'"

"你们日本人不都是大男人主义的吗？"我问。

"我骂她一次，她听一次；骂她两次，她听两次。但是女人的唠叨，是以千次百次亿次计算的。日本历史上的大将军，多少错误的决定，都由他们的老婆的唠叨造成的。"

"避免不了的事，就投降呀。"我说。

"太疲倦了，我当然投降。投降之后，无奈极了。她一步一步地侵蚀我的思想，我每一次点多一点酱油，她每次警告说对腰不好，我想吃多几个蛋，又是胆固醇太高。"佐藤摇头。

"一切都是为你好呀！"

"是好，一切都为我好。我太好了，太安定了，太健康了。家也不像一个家。不对，我说错了。像一个家，像一个她的家，不是我的家。先由客厅着手，面纸盒要用一个织花的布包着，一切都是以她的口味为主，变成娘娘腔地，卧房当然女性化，连我的书房，也变成她的贮衣室。"

我听得有点不耐烦："你说得那么多，还没有说到关键性的那樽药丸。"

"我刚刚要说到那瓶药丸。"佐藤叫了出来，"我把药放在餐桌上，随手可以拿来服用。第一天，她就把瓶子收拾回药柜里。我说我知道你爱整齐，但是这瓶药，我想放在这里，随时可以吃，好不好？征求她的同意。她点点头，拿出来后，第二天，又收回去。这次我不睬她，自己放在餐桌。第二天，她再次地收进药柜。我大发脾气，把餐桌上的东西都摔在地下。第二天，她将一切收拾好，当然包括我那瓶胃药。"

"那你就再也不回头地走了？"我问。

佐藤点头："她还以为我外头有女人。我年轻时什么女朋友没有交过？我绝对不是一个临老入花丛的男人。她太不了解我了。我把一切钱银都留给她，算是对得起她，从此，我由她的生命中消失。"

"她没有试过找你吗？"

"日本那么大，我一个地方都住不上一两个月，她哪里去找？日本住不下，我就往外国跑。我现在学做渔夫，捕捕鱼，日子过得快活，是另外一个人生了。人家活一世，我好像有活了两世的感觉。是的，我很自私，人一生下来就是孤单的，自私对孤单的人来说，没有错。"

"不喜欢的话，离婚好了，也可以有第二个人生呀，何必人间蒸发？"

"你不会明白的，女人是不会放过你的。"佐藤说完，把酒干了。他没有留地址给我，因为他知道，他妻子终有一天会找到我的。

"要是她有一天出现在你眼前呢？"我追上去问："你会说什么？"

"以其人之道治其人之身，我会向她说：'一切都是为你好！'"

监制的电影之中，曾经亲自参与服装设计的也不少。很久之前，张曾泽导演的《吉祥赌坊》是其中之一。

当年卖中国丝绸的地方不多，到油麻地的"裕华百货"去挑，替女主角何琍琍选了十多件民初装，根据衣样的三种花纹的颜色，绲上三条衬色的边，非常好看。

男主角岳华的长衫，大胆地用西装料，中国丝绸太薄，容易皱，用了西装料，长衫笔挺，加在颈项上的那条围巾，也做得特别长，以配岳华五英尺十一英寸的身高。

料子买完后便去找高手胡师傅，他是当年最好的上海裁缝，两人研究了半天，又半天，再半天。

胡师傅处，存有种种的粗边料子，上面的刺绣手工，已非近人有能耐做到的。但太阔的绲边会影响整件衣服的色调，本来衬布景的颜色，弄得不调和，便显得整件衣服不安详了。又有些服装是用来拍动作戏的，也须胡师傅放阔肩宽和裤裆。大致的设计完成后，胡师傅开始替演员度身。

这一量，可量得真仔细。

身长前，身长后。前奶胸。背长。前小腰，后小腰。前中腰，后中腰。前下腰，后下腰。下摆。开叉。肩宽。挂肩。袖长。袖口。领大。领前高，领后高。胸扎。裤长。腰大。直裆。横裆。脚管。

一量要量二十五个部位，才算略有准则。当然，初步完成后还要穿在演员身上，做精密的修改。

当年这部片子大卖钱，许多东南亚的观众特地跑来香港做衣服，要求和何琍琍穿的一模一样。

和胡师傅失去联络已久，是因为听到同行说他已经不做，再也找不到他了。

一次在油麻地找一间燉奶店试食，偶然碰到他，大喜。

"你还在替人家做旗袍吗？"我问。

"当然。每年香港小姐穿的，还是我做。"胡师傅人矮，又清瘦，说话小小声。粤语这么许多年来还是不准，我们用普通话交谈。他还是那么不苟言笑。

"为什么人家告诉我你退休了。"

"我们这一行生意越来越坏，能传说少一个师傅，就少一个师傅吧。"胡师傅不在乎地说。

这些同行真可恨。

我们边走边谈，回到他在油麻地宝灵街六号的老店，楼梯口旁的水果摊，还是由那位老太太经营。认出是我，高兴地打招呼。

　　走上二楼，胡师傅的老助手来开门，这间狭窄的小房间中，他们一手一脚创造出许多杰作来。

　　"还记得我们合作的《吉祥赌坊》吗？"我问。

　　"怎么不记得。"胡师傅兴奋了起来。

　　"那部片子带来不少生意吧？"

　　"不，不。"胡师傅一口气说，"人家以为是在裕华做的，都跑到他们那里去，给他们赚饱了。我为什么知道？是因为有些客人的要求刁钻，裕华做不了，还是拿回来给我完成。"

　　"现在呢？做一件旗袍要多少钱？"我单刀直入地。

　　"要四千多一点，连工带料。"

　　二十年前已是一千多一件，其他东西已贵了十倍二十倍，胡师傅这里只多了三千，算是合理的了。而且，一件旗袍，只要身材不变，是穿一生一世的。

　　看见架上有几套唐装衫裤。

　　"怎么那么小？"我问，"是什么人穿的？"

　　"说出来你也知道。"胡师傅说，"她就喜欢穿男装，每年总得来做几套。"

　　记起来了，当年曾经在店里看到这位女扮男装的老人家。来胡师傅这里的客人，不乏江湖中许多响当当的人物。

"喂，胡师傅，你有没有替张爱玲做过衣服？"

他正经地："张爱玲在香港住的时候还是学生，哪里有钱来找我？她照片上的几件唐装，有的还不错，有的像寿衣。如果经我手，我一定劝她用花一点的料子，看起来便不那么碍眼。"

"林黛呢？你做过吧？"

"做过。"胡师傅回忆，"林黛的腿其实很短，穿起开叉旗袍并不好看；但是衫裤的话，穿上一对加底的绣鞋，人就高了。她腰细，可引诱死人。"

"你替我做的那件长袍，我现在在冬天还穿着到外国去呢！"我说："一点也没走样。"

"中国人的设计最适用了，长袍的叉开在右边，不像西式大衣开中间。开中间，风就透进来了。"

胡师傅说的，我完全同意。

"这么多漂亮女人，全给你看过，我真羡慕你。"我向胡师傅开玩笑。

"你也见过不少呀。"他说。

"是的，但是比不上你。我干看。你一见面，就拿软尺替人量胸，还是你着数。"我饶舌。

胡师傅笑了，笑得开心。

注：胡师傅最近搬到新店去，地址是：九龙油麻地庙街260号二楼。电话：27355931。

家父的友人，近年来也都相继去世。

印象最深刻的是张先生。

张先生患眼疾，开了几次刀都没医好，要戴一个很厚的眼镜才能看到东西，双眼被镜片放得很大，老远，就看见他的眼珠。

为了报答他对双亲的友谊，我到处旅行，一走过玻璃光学店，就替张先生找放大镜。张先生一生喜欢吃东西，凡有新菜馆开张，他必去试，看不见菜单点菜，对于他来说，是件痛苦的事，所以他需要一个携带方便的放大镜，倍数越大越好，我买过几个精美的送他，他很感激。

每个星期天早上，张先生在公园散完步，便来家坐，一看到我，拉着我们整家人去吃早餐。

张先生的早餐不止牛油面包，是整桌的宴席，鱼虾蟹齐全，当然少不了酒，他总从车厢后拿出一瓶陈年白兰地，家母，他和我三人，一大瓶就那么地报销了，执行白昼宣饮。

"别刻薄自己。"是张先生的口头禅。

退休之后，他把家中收藏的张大千、齐白石一幅幅地卖掉，高薪请了一个忠心的司机，要去哪里，就去哪里。最爱逛的，当然是菜市场，把新鲜材料买回来，亲自下厨。

我常喜欢说的那个牛鞭故事，就是他告诉我的。

什么？你没听过那牛鞭故事。好，我慢慢说给你听。

张先生和儿子媳妇住在一间大屋子里，一切安好，但最令张先生受不了的，就是他媳妇爱大声叫床，一星期和儿子搞几晚，闹得张先生睡不着觉。

开始小小的复仇计划，张先生从菜市场买了一条牛鞭，叫媳妇做菜。

"怎么煮法？"媳妇问。

"洗干净后拿去炸一炸就是，油要多。"张先生说。

媳妇烧滚了油锅，把牛鞭放了进去。

突然，那条牛鞭膨胀了数倍，像一条蛇，张口噬来。媳妇吓得大叫哀鸣，失声了几天。

张先生吃吃偷笑，从此得到数夜的安眠。

家里说是富裕也谈不上，张先生一直在大机构打工，身任高职，不愁吃不愁穿就是，但多年下来的储蓄，再加上对股票市场的眼光，他有足够的钱一直吃喝玩乐。

戴在他左手的食指上是一颗碧绿的翡翠，张先生回忆，是石塘咀的一位红牌阿姑送给他的。年轻时,张先生的诗词认识,令她倾倒。红牌阿姑去嫁人,对他念念不忘,把戒指留给他做纪念。

"凡是人,都有情。"张先生说道,"妓女淑女,应该一视同仁。"

张太太也知道丈夫的风流史,她很贤淑地依偎在他身边,常说:"回家就是,回家就是。"

可惜,她比张先生早走了。

过了一年,张先生向儿女们宣布:"我需要一个女人。"

儿女反对。

张先生一生人没说过粗口,但他向他们说:"我又没用到你们的钱,你们反对个鸟!"

把情人带到我们家里时,大家吓得一跳,是个二百多磅的肥婆,但样子甜,还算年轻。

"在酒吧认识的。"张先生告诉家父。

"她怎么肯跟你?"爸爸趁她走开时问。

张先生说:"我问她一个月赚多少钱?她说一万块,我给她两万,就那么简单。"

"那么多女的都可以给两万,为什么选中她?"问题的言下之意是为什么选中一个肥婆?

"我注意了她很久。"张先生说,"只有她不肯和客人睡觉,也许是她那么胖?没有人肯跟她睡觉。"

肥婆走回来，拿了开水，定时喂张先生吃药，他拍拍她的手臂，说声谢谢，透过那副厚眼镜，充满爱意地用大眼睛望着她。

"你先回家，我再和蔡先生谈一会儿就回来。"

说完张先生请司机送新太太，并问司机吃过饭没有，塞了一些小费给他。

"儿女们开家庭大会。"张先生说，"派代表来向我提出条件，说在一起可以，但是不能生小孩，免得分家产时麻烦。"

"你还能生吗？"爸爸对这个老朋友不必客气。

张先生笑了："我事先跟她说不用做那回事的。只是想晚上有个人抱抱。既然要抱，就要选一个大件的啰。后来抱呀抱，摸呀摸，两个人搞得兴起，就来一下啰。"

把我们笑得从椅子跌地。

"已经把一切安排好了。"张先生说，"我走后她每个月还是照样领取两万，一年多二十巴仙（percent）的通货膨胀，直到她自己放弃为止。"

张先生的葬礼很铺张，是儿女们要的面子。我正在外国工作，事后家父才告诉我的，没有参加，心很痛。

家父说葬礼中只有两个人哭泣，司机和肥婆。

新井一二三

从好几年前开始，读《九十年代》杂志时，留意到一个叫新井一二三的日本人，用中文写时事评论。

好几位文艺界的朋友都在谈论，说中文没有瑕疵，一定是中国人化名写的，但也研究下去为什么好端端的一个中国人，要用日本名干鸟？

新井一二三，是男的是女的也不知道。日本名字一二三，男女都可以用，不像什么郎、什么子，一看就分辨得出。但作者用的文字和语气，都相当刚阳，大家推测说是个日本报社的驻中国记者，一定是个男的。

是男是女，最好问《九十年代》的爷爷李怡兄。他卖个关子："新井人不在香港，等有机会的时候，才介绍给各位认识。"

后来，新井果然来了，在《亚洲周刊》当全职记者。一次黎智英请客，李怡把新井带来，证实是位女的。

像罗展凤在《明报》副刊写她：新井有着日本女孩传统的娃娃脸蛋，清汤挂面，不施脂粉，简单服饰却又流露着一种说不出的 Charming（吸引力）……

给人家叫为有吸引力的女子，就是说她不漂亮。的确，新井并不漂亮。

但是，试试看找一个会说流利国语，又能用纯正中文写作的日本人给我看！

日本出名的汉学家很多，翻译不少中国文学巨著，但是叫他们写中文，数不出一两个。

"我叫一二三，是因为我是一月二十三日出生的。日文读起来不是音读的 Ichi, Ni, San，而是训读的 Hifumi。"新井大声地自我介绍，你要是和她交谈，便会发现她讲话是很大声的。

新井简单地叙述自己的生平：早稻田大学政治系毕业，期间学中国文学、政治和历史，后来公费到北京和广州修近代史。在《朝日新闻》当过记者，嫁去多伦多，六年之后离婚到香港来。

八四年邂逅李怡，当了他的宠儿，一直鼓励她以中文写作。她前后在《星岛》、《信报》发表过多篇文章，终于出版了第一本中文书《鬼话连篇》。李怡说："我感到似乎比我自己出一本书还要高兴，甚至有一种难以形容的骄傲。"

"很少中国女作家有那么勇敢，肯把自己堕胎的赤裸裸经验写下来。"张敏仪说，"我想见她，是不是可以约一约？"

新井在《亚洲周刊》时，我曾经和她在工作上有些交往，有了她的电话号码，找到她。

新井对这位广播界的女强人也很感兴趣，欣然答应赴约。

我们去一家日本餐厅吃晚饭，大家相谈甚欢，也提起她加拿大前任丈夫的事。

"我以为他是一个思想开放的西洋男人，他以为我是一个柔顺体贴的东方女子，结果两者都失望。哈，哈，哈！"新井笑起来，和她讲话一样大声。

香烟一根接着一根，张敏仪不喜欢人家抽烟，被新井和我，左一支，右一支，熏得眼泪直流，但也奈何不得我们。

天南地北，无所不谈，讲到文学，她们读过的许多世界名著，都是共同的。敏仪日文根底好，记忆力尤强，能只字不漏地朗诵许多诗词，这点是新井羡慕的。

她大声说："如果我是中国人，便会像你一样吸收得更多。我虽然略懂中文，但是在诗词上的认识，总有不能意会的地方。"

"坏在我们太过含蓄，太过保守，不能像你们那么放！"敏仪的声调也让新井影响，高了起来。

坐在旁边的客人转过头来看这两个高谈阔论的女子，令我想起南宋刘克庄的《一剪梅》：

束缊宵行十里强，挑得诗囊，抛了衣囊。天寒路滑马蹄僵，元是王郎，来送刘郎。　酒酣耳热说文章，惊倒邻墙，推倒胡床。旁观拍手笑疏狂；疏又何妨，狂又何妨！

敏仪酒量不如新井，一杯又一杯，当晚干了数十瓶日本清酒。

新井又谈起她的加拿大丈夫："我们是用普通话对谈的，在广州认识，我当年才二十三岁，就糊里糊涂嫁了给他。离婚后才第一次和他讲英文。"

敏仪说："不如单身的好，现在是什么世界？还谈什么嫁不嫁人？"

新井大力拍掌赞同。

话题又转到同性恋上去，新井嫁过人，堕过胎，当然不是女同性恋者。

"许多搞同性恋的男人，都蛮有天分的，尤其干艺术的，越来越多。"敏仪说。

新井也认为男同性恋者很有才华，她越说越大声："但是，没有用呀！没有用呀！"

她那"没有用"三个字可圈可点，笑得敏仪和我，差点由椅子上掉下来。

　　小红只有一个表情，那是她的微笑。

　　要是长得丑，人家一定当她是白痴，但小红很漂亮，从小就惹人喜欢，长大后，她的笑容，更是迷倒众生。

　　本名叫什么已没人记得，我们尽管叫她小红，是因为她的皮肤白里透红吧。喝了酒，使得脸色略红也是原因。也许，她的个性有点像红拂女，不知什么时候开始，她便变成永远的小红。

　　和老套的故事一样，小红生长在一个有七八个兄弟姐妹的农村家庭，在十七岁那年，已要进城当酒女。

　　经理看到那么好的一块材料，高兴得不得了，即刻叫她上班，令经理更惊奇的，是小红的酒量。

　　任何客人要和小红斗酒，她从不拒绝。

　　"来，干掉它！"客人命令。

　　小红一句话不说，那么大的一杯满满的白兰地，咕噜咕噜地，喝得一滴不剩。

再来，再干，再来，再干，十几杯下来，客人已倒在桌下，小红还在微笑。

小红一炮而红，全城的酒客都来找她，要灌醉她为止，但是，没有一个人做得到。

客人之中，有位政治家的儿子，每晚必来捧场，他人长得高瘦，神情略带忧郁。小红注意到他那十根手指，纤细而长，像钢琴家所有，这是她在乡下的男人身上，从来没有看过的。

他从不勉强小红干杯，只顾着自己喝。小红来敬酒，他也一口干了，那种豪迈，也不在其他客人找得到。而且这个人的钱好像花不尽，每晚的酒钱，加起来，已经足够小红一家人吃一辈子。

和政治家的儿子一比，那个纱厂大王的儿子就显得污秽，他常毛手毛脚，醉后大吵大闹，讨厌到极点。到酒吧，一定带着和他父亲有生意来往的商家，让他们请客，自己从没出过一个子儿。

小红一看到他出现，即刻躲在休息室内，要等他离开才肯出来。经理看在小红是红牌阿姑份儿上，也不敢勉强她陪酒。

血腥事件发生了。

一晚，政治家儿子和纱厂大王儿子吵了起来，被酒家的经理和打手劝息。

当政治家的儿子走出去酒吧后，纱厂大王儿子带了一群人，拿了武士刀向他狂砍，政治家儿子赤手空拳地打倒几个。但纱厂大王儿子从他身后偷袭，他转过头来，用手挡住。一刀之下，把他的三根手指削断了。

警察来到，大众鸟散。

救伤人员把那三根手指拾起，在医院施了精密的手术，把手指缝上。复原后，指头能动，但是连接处样子古怪，已经不像从前那么优美了。

小红终于嫁了他。

当然，家里也得到完满的照顾，小红亦是对得起所有人，决心做个好家庭主妇。

因为政治家需要大笔的竞选基金，开始和纱厂大王的关系密切，下一辈人的纠纷也在庭外和解，官司不了了之。

婚后，小红为丈夫生下两个白白胖胖的儿子。小学、高中，儿子十六七岁那年出国留学。

这段期间，小红一滴酒也没喝过。

政治家的儿子，生意做得并不理想，每晚借故应酬，从不早归。家里一切，都是小红处理，佣人也不请一个，衣服也是手洗的。

新婚时期，他曾带她到外国各地旅行，当年老爸还是有点财势。其后很久，他们什么地方都没有去过。有一天丈夫忽然心血来潮，向小红说："去一个我从来没有去过的地方玩玩吧！到哪里去好呢？"

小红微笑："厨房如何？"

渐渐地，丈夫更不回家睡觉，也不打一个电话。

"我要去当妈妈生。"小红有一天向他宣布。

"我们家有名有望，怎么可以让你去丢脸？"

"家用不够，儿子的学费呢？"小红问，丈夫不答。

小红复出，十七岁嫁人，儿子十七，小红只有三十四，样子又长得娃娃脸，是女人一生最成熟最漂亮的时候，尤其是那身材，产后保养得好，腰还是二十三英寸。

一杯又一杯，小红工作的地方白兰地卖得特别多，生意兴隆，她得到许多奖金，都存进户口。

照样没有人看到小红醉过，直到一个晚上。

一位中年男子几杯就把小红灌倒，搂着依偎在他身上的小红，那男子把她带进旅馆开房。

事后男子又醉又筋疲力倦，呼呼大睡时，小红将两张椅子并排，把那个男子抱起，将他的臂放在椅背与椅背之间，然后爬上桌子，从高处一跳，以全身之力，压断他的手臂。那男的痛得晕倒。小红把他的手臂换一个角度，依样画葫芦地摆好在椅背与椅背之间，再跳一次。咔嚓的骨碎之声，小红确定这人的手臂已不能接驳，才满足地离开。

读到这里，各位必已猜到这个男人，就是纱厂大王的儿子。

小红从此退出江湖，等待儿子毕业回来，养乐天年，没有停止过微笑。

床的故事

大强疯了。

听到这消息，简直不敢相信自己的耳朵。

黑社会分子发癫的可能性不大。大强的江湖地位相当高，但他从来不做伤天害理事，也没有欺负过良民，倒有许多江湖恩怨让他摆平，他在所属的机构中，负责的是每年的庙会庆典，大家一致赞他是个好人。

大强身高六英尺，在电影界当武师来掩饰自己的身份，我们都知道他是黑道人物，但不滋事，就不管他。

阿英是他青梅竹马的女朋友，耍杂技的，在夜总会和歌厅表演，但这一行已渐没落，阿英很久才有一次机会上台，生活靠大强，他们同居了十年。

两人虽未结婚，但大强总是老婆仔、老婆仔地称呼阿英。阿英有额外的要求时也叫大强老公。把那公字拉得长长地：

老公——

从来没有人见过大强发脾气，只有一次，阿英的一群女同事到大强家打麻将，其中一个无意地坐上了床，大强向她狂吼："这是我和我老婆仔的床，是神圣的，谁都不准碰它一碰，知道吗？下次有谁还敢坐上去的话，我就要他的命！"

大家都吓得脸青，好，不坐就不坐，有什么大不了的？女孩子们想，但不敢说出口来。

一天，阿英告诉大强说她妈妈在洛杉矶有个亲戚，申请她们一家到美国移民，她将陪家人去一去，安顿好了，就回来。请放心。

大强当然没有怀疑过阿英，还送她一笔钱上路。

阿英从此没有回来，朋友传来的消息中，大强知道阿英已经嫁了人。

起初大强只是心不在焉，眼睛老望着远处，渐渐地对白记不得。再来是第一拳打左边，对方闪右边；第二拳打右边，对方闪左边；第三拳打中间，对方退后。记得吗？导演问，大强点头。一二三开拍，大强三二一地记住，一拳就往中间打去，对方鼻青眼肿地倒了下去。

到最后，大强脱光了衣服，站在女明星面前，吓得她大叫救命。

接着，便听到大强被关入精神病院。

电影圈并非无人情味的，同事们去医院看他，大强样子显得更痴呆。

观察了几年后，医生终于把大强放出来。

这时刚好有一队外景，要到加拿大去拍戏，从前用过他的导演觉得把他带到外国，也许可以复原得更快，就和他签了约。

外景队中，女工作人员都知道大强发过疯，不敢和他接近。大强不在乎，他虽然在女主角面前脱过裤子，但这和小孩子在大人面前撒尿一样，不是好色。

起初，导演不派难动作给他做。没拍到他，他也跟着到现场，帮忙做杂工，辛勤得很，不像是一名在黑社会中做过大阿哥的人。

过了一个多月，大强开始左脚提起，右脚踏地；右脚提起，左脚踏地。整个人跟着脚步，左晃一晃，右晃一晃，一晃就两三个小时。

工作人员问他："大强，你在做什么？"

"扮钟！"大强回答，"摇摆的古老钟！"

导演终于忍不住，向大强大喊："你不要那么摇来摇去好不好？弄得我也发疯。"

"导演，对不起。"大强细声地，"加拿大，实在很闷！"

癫人也知道加拿大闷，加拿大实在闷。

"你回香港吧。"导演说。

大强点点头，收拾了行李回香港。

再过几年，听说大强当了运货柜卡车的司机。

大强有一个哥哥，做推销员。嫂子怕大强闹事，连家也不肯让大强踏入一步。一年过年，大强哥哥心中有愧，决定请他来吃团年饭。老婆大叫大嚷反对，大强哥哥一反平常懦弱的个性，打了老婆一巴掌。

家中的菲律宾女佣爱丝特拉烧得一手好菜，大强很久没吃过那么丰富和温暖的一餐。

爱丝特拉人很文静，来香港之前是做护士的，已三十多岁还未出嫁。大强哥哥做惯推销员，把她推销给大强，再把大强推销给爱丝特拉。当然，也把往事向她说明。

在一间小教堂结婚，喜宴时大强喝得大醉，被同事送回家，替他解开衣服躺下才离开。

醒来，大强发现一个女人睡在他床上，狂性大发，以力大无穷的双手捏着那女人的颈项，想杀死她为止。

但这女人没有反抗，她说："我是一个虔诚的教徒，牧师在婚礼上说我们至死才分开的。"

大强崩溃痛哭，抱着她求她原谅。

爱丝特拉抚摸着大强的头："我答应你，这张床，将不会给另一个男人坐在上面。"

从此，像童话的结局，两人快乐地活下去。

唐瑛的故事

岳华返港探望老父，来电指定要到"粗菜馆"吃饭，当晚还约了他的几位老朋友。

其中的田先生，慈祥敦厚，但目光尖锐，移民到魁北克，近年来回香港做地产生意，有声有色，原来田先生从前是反黑组的大人物，他告诉我一个二十几年前的故事：

汇丰银行的出纳处，有位仁兄，四十几岁人，我们姑且叫他老张吧。老张工作枯燥，生活也单调。有一天晚上，他走到庙街，在旧书摊翻一本日本杂志，发现一张全裸的少女照片，惊为天人，深深地爱上她。

之后，老张把杂志拿去相馆，要他们翻影两千张上半身的，两千张是全身的照片。

从此，老张一回到家里，就埋头苦干，他是受英文教育的，在美国、英国、澳洲和加拿大的杂志上刊登征求笔友的广告，后来也发展到日本、法国、沙特阿拉伯等地，这些他不认识的外文，是请翻译社为他起的稿。

同时，他花了一笔小钱，在尖沙咀、中环、油麻地等地方，开了十多个邮政信箱。

果然收到来信。老张小心翼翼地回复，说自己的名字叫唐瑛，十八岁，为了养育年老的父母和成群的兄弟姐妹，唯有晚上在酒吧做侍女，有许多客人都来追求，但为了中国人的道德观念，洁身自守，到今天，还是一名处女。

信寄出去，内容千篇一律，但换了一个名字，当年还没有电脑。每一封都是由老张亲自手书。在他的单调生活中起了波澜，老张也乐此不疲。

回信由各地来到，寄以无限的同情。跟着唐瑛写道："最希望申请到一张签证，去美国读书，一生人的愿望，只求进修学业来改善生活。但是，啊，连申请护照的区区三十块港币，也要花在烟酒上孝敬老父，自己舍不得用。"

三十钱的汇款，陆续由各地同信件寄到每个信箱中，老张以最感激的语气，向众人致谢。

其中有些人关心地询问护照申请了没有？需不需要多一点钱办手续？唐瑛说怎能开口再要呢？您做到的已经很够了！

同封寄下的钱比上次更多，出手最阔的，是美国芝加哥的一个律师，我们叫他阿尊好了。

"阿尊，"唐瑛写道，"对您这位恩人，我日夜地想念，梦中见到，全身紧张，不知不觉，衣裤竟然湿了，对一个少女，是多么令人羞耻的一件事！"

当然，同样的回信，也写给了亚祖、路易、亚当、佐藤、皮亚、荷西等等。

信后追申："您可不可以寄给我一张照片，让我在梦中也能有个形象。唐瑛上。"

照片都寄来了，对方当然也要求有一张玉照。

"阿尊，我做了一件人生中最大胆的事，为了感谢您的好意，我请了一位女同学替我拍下这张照片，算是我对您的报答，您不会骂我淫贱吧？我担心。"

半裸的照片中，乳首微微翘起，是粉红色的，那含羞的微笑，更是引死人为止。

大量的来信填满了邮箱，其中的寄款，光芝加哥的律师，已是数百上千的了。沙特阿拉伯的那个人更是慷慨，数千元一次过寄到，当然还有几百封是数十块的，请唐瑛买烟酒给老父。

阿尊更来信，要求唐瑛，要是她能寄一根耻毛给他，会令他成为一个幸福的人。

老张当然把自己掉下来那根寄了给他。

奇怪得很，和阿尊同样的要求的人越来越多，老张拿了一把剪刀，把他老婆腋下的毛剪光，还不够应付。

上理发店时，见到有卷曲的头发，也捡起用纸包好，大家都以为老张患了神经病，但他吃吃地偷笑。

最后老张施了撒手锏，把全裸的照片寄了出去。

"阿尊：一根耻毛并不代表什么，您这位恩人，我要全身送给您，唐瑛上。"

阿尊读了信，大概已谷精上脑，马上寄钱给唐瑛买机票来美国。唐瑛复信，说只要替第八个弟弟也申请了出国签证，就马上上路，但等了几星期，阿尊等不及，写信说什么日子和班机抵港，老张算有良心，在机场叫人送了一束花给阿尊，人当然不出现。阿尊失望地回芝加哥，越想越不对，就报上 FBI 去了。

FBI 主管来香港开国际刑警会议，遇到田先生，偶然谈起此事，但案情太遥远离奇，不能正式调查。

田先生要他写张公函，果然寄到。之后，田先生根据阿尊给的信箱，派人驻守了一个星期。老张果然出现，跟踪他，追索到数十个箱位去。

终于在老张住的美孚新村将他逮捕，搜出许多证据，老张家的壁上有数不清的档案用鞋盒一个个装好，最上一排，写着"大客"，接着是中客小客，都是各地大头鬼的资料和信件。

从那些地址，这次轮到田先生写各国文字的信给受害者，得到确实的证据，可以告老张。

三年来，老张骗到二百六十万港币，这数目在当年可以买数栋楼，要是他肯早点收山，绝对抓不到他。

法庭上，法官听了陈词，已掩嘴笑得不可支，最后判了老张两年半，是缓刑。

老张这人物还是活生生地住在香港，追索唐瑛这个名字，原来老张八十岁的老母，而且是个跛脚的，名叫唐瑛。

不
回
来
的
朋
友

我们在纽约看外景，当地的制作人说有一部低成本的电影在附近拍，问我们有没有兴趣顺便看看，当然点头。

这是一部打斗片，制作成本只是三十万美金。拍成后卖给录影带公司和电视，会有点小钱赚。

拍摄地点是武馆，由一家破烂的小教堂改装。

教堂主人是一位艺术家，普通的住宅放不下他的越来越多的作品，最后只有把这间小教堂租下，才够空间。

一看，所谓的作品，是一堆一堆的铁管，胡乱地绑在一起，就是他呕心沥血的艺术品了，有些还由天井上吊下来，虽然与武馆景无关，电影的美术设计将这些烂铜烂铁移在一边，也不完全搬走，因为教堂主人说，要是让他的作品在银幕上露一露相，可以少收一点租金。

纽约很可爱，是个可以让这群艺术家生存下去的地方。

教堂中间挂着一块巨大的白布，布上写了一个大"禅"字，是这部武术片的主题。

男主角为一高大的黑人，光头，有胡子，面孔慈祥，三十岁左右，他正在仔细地听师父的教导。

师父说："这些年下来，你也学到不少东西，现在我老了，把这间武馆传给你。"

英语相当地纯正，演师父的人，上了年纪的观众会记得他：年轻观众也会常在粤语片中看到他的出现。此人眼睛很大，眼球有点凸出，眼眶略黑，颧骨高，瘦瘦削削，常演反派，对，他就是龙刚了。

龙刚见到我们，拍完这镜头后前来打招呼，我们怕影响拍戏进度，寒暄了几句，约好隔几天吃饭，便告辞了。

替我们做当地联络的雷自然和龙刚很熟，告诉我们一些事："龙刚在纽约什么都做，他还开了一个太极拳班，收徒弟呢。"

"他的功夫了得吗？"我们问。

雷自然说："他用一根手指，就可以将一个大汉推得倒退几步。"

"真的？"我们惊奇。

"真的。"雷自然说她亲眼见过。

纽约天气真冷，眼看要下雪，但又下不成，昏昏暗暗地，下午三点半钟已经开始天暗。

我们到了一家叫"山王饭店"的所谓上海馆子，食物分量极大，做出来的菜，像山东多过上海。

龙刚准时抵达，带着他太太，和一位五六岁大的儿子。太太样子贤淑，听说在一家美国的大股票公司做事，职位相当高。儿子很可爱，有点老人精味道，但不是讨厌的那种。

替龙刚算算，他应该有六十多岁了，但直接问他时，他半开玩笑地说："当我是五十七八好了。"

"你不拍戏时，做些什么？"我们问。

"唔。"他说，"拍戏只是过过瘾，我来了美国这么多年，一共也拍不到几部电影，我主要的是每天在读书。"

"读书？"

"是的。"龙刚做个幸福的表情，"在美国，尤其是在纽约，上了年纪的人要读书，政府是鼓励的，有奖学金、补助金、无利息的贷款、分期付账等等，总之学费便宜得没人相信，有什么比读书更好？"

"学些什么？"

"电影。"龙刚说。

"电影？"我们好奇，"你还用学吗？你前前后后，至少拍了近一百部，也导过二三十部，《英雄本色》、《应召女郎》都是你导的，还要上电影课？"

"纽约大学的电影，是世界最好的电影课程，我在那里学到的，和我以前做的完全不同，怎么可以做比较呢？"

"除了学电影，还学些什么？"

"还有演技呀，发音呀，单单是一门电影，已学不完。不过我也上油画课，大学里有全美国最好的绘画老师教导。"

"听说你的书法已很有根底的。"

龙刚谦虚地："你们来看拍戏，布景上那个大禅字是我写的。不过我除了书法，还跟过杨善琛老师学水墨画。"

哇，我们惊叹："真了不起。"

龙刚笑了："这十五年来，我做足十五年的学生。"

龙太太并不像一般妻子，管束丈夫无所事事，还很开心地说："是呀，他一星期上七天油画课，回家全身是油彩。"

龙刚充满爱意地望着她："我来到纽约，最开心的，除了读书，就是遇到了她，和生了这个孩子。"

我们也可看到他是幸福的，真替这位香港老乡高兴。

"美国这地方，也是将婚姻制度看得最透的。离婚的父母，不影响到下一辈，没有亲戚朋友的压力，也没有道德观念的压力。人与人之间，有互相的尊敬，便长远在一起，这才算是真正的结婚。"

我们都同意。

临走前，问龙刚："你来了这么久，怎么不回香港走走？"

龙刚并不带伤感地回答："广东人有一句话：'卖儿子不摸头。'又不是衣锦荣归，回去干什么呢？"

靠吃起家的人

　　我们戏中的主角，是位电视烹调节目的主持人，要在墨尔本借一间屋做他的家，看了数十户，终于决定在一个叫罗伯特·洛沦的人的住宅拍摄。

　　这是间三层楼的旧工厂改建的，在市中心的后巷中，每层有三千平方英尺左右。一进门，楼下是车房，停了三辆车，红色法拉利是晚上两人烛光晚餐时用的，蓝色奔驰是上班用的，Land Rover 四驱车是到郊外野餐用的。

　　上楼，楼梯壁上挂着主人儿时的照片，他的父母、他的兄弟姐妹，在学校、毕业、当海军、退伍、到世界名胜旅行、上高级餐厅、巡视工作环境等等，说明他的一生。

　　主人六十岁，看来只有五十，很英俊，一家出名的制衣公司还请他当模特儿，拍摄 T 恤衫的海报。

　　二楼客房四五间，洗手间也同样数目。三楼主人房，只有一张巨型的床。浴室中有个原始的花洒，很大，水直接冲下那种，不像现代化的那么渺小又不实用，另一旁有个大耶古齐浴缸，其他浴室用品，应有尽有。

从浴室出来，是主人换衣服的地方，领带室中有几百条不同颜色和花纹的领带。T恤衫、西装、大衣更是无数。

但是最吸引我们的是他的厨房，占着半个厅，一千平方英尺，厕和厨房没有间隔，厨房的中心是一个钢片做的大柜子，比十二个人坐的餐桌还大。

中间有两个凹进去的洗濯室，各有强力水龙头，开关是一条长铁枝，用手臂，不必靠沾了油腻的手指拧转。

洗濯和切菜等在这里进行，钢柜后面有两个大烤箱，旁边是九个头的火炉，四个用电，四个用煤气，最大那个烧中国菜，凹进去装半圆的镬，火头特别猛。

炉灶后面是食品贮藏室，把当年当工厂时的电梯保留，一切食物购入后，从车箱取出，放入电梯，一按钮，便送到三楼。

两个大雪柜，再有一个酒窖。

打开壁上的柜子，锅锅鼎鼎，还有数十把不同大小的利刀。调味品的瓶子按着英文字母排列，中国酱油特别多，连台湾的荫油酱油膏也齐全。蚝油是九龙城街市购入的那种，并非李锦记。

是的，一看就知这主人喜欢吃，而且是靠吃起家的。

"人家都以为我生长在一个富有的家庭，其实我们只是小康之家，这种二世祖的享受，是我后来才学回来的。"罗伯特说，

"我喜欢吃东西，这是我的天性。有些人好吃，但不去研究，我一向爱问长问短，久而久之，便学了很多对食物和烹调的知识，成为食家。"

接着，他说："很多有钱人并不会吃，他们请客时也不知道什么是最好的，虽然他们肯花钱，但也达不到目的，就来问我。我帮他们设计，他们的客人都吃得很高兴，生意也做成了。为了感谢我，他们出资本，我便开了一家外卖公司，专为婚礼和生日到会，生意越做越多，公司越来越大，连国宴也包来做。"

"恭喜你了。"我说。

"但是有天生性的局限。"罗伯特说，"我想把饮食事业更发扬光大。"

"开餐厅？开连锁店？"我问。

"不，不。"罗伯特说，"餐厅我当然也开过，但是太困身了，一家好餐厅，历史越长越好，能保持一定的水准，才算好餐厅，不是做一两年的事。要保持水准，餐厅主人非盯得很紧不可，我没有那种耐性。做快餐厅嘛，还是让美国人去经营吧，我从来没有走进快餐店一步，和我的性格格格不入。"

"那么怎么一个发扬光大法？"

"要走，就走别人没有走过的路，我必须有一个新主意才有兴趣干。"

"什么新主意？"

罗伯特解释："现代化的大机构，都注重员工的福利；吃，当然也是福利的一种。我看了许多大机构的食堂，做出来的菜糟透了。我的主意便产生，我向那些大机构的主席说：'我可以用同样的价钱，来把食物弄得更好。'他们听了当然高兴。饮食这一门，不一定是越贵的东西越好吃的。再进一步，我为他们的食堂布置一下，我自己这么多年也有许多藏画，借给食堂当装饰，弄成一个情调更好的环境。

"现在我经营的食堂包括了壳牌石油和最大的百货公司梅西，它们的食堂变成比市中的名餐厅更好吃的地方，大家都在问有没有朋友在机构里做事，能不能把他们带进去吃一吃。"

"还做不做到会？"

"看对方，要是他们特别指定，我还是做的。《鳄鱼先生》男主角的婚礼、财阀艾伦·邦德的儿女结婚，都是我包办的酒席。"

"住在墨尔本这个都市，能满足你吗？"我最后问。

罗伯特笑了："人总要一个基地，墨尔本是我的基地，我想去世界上哪里玩，就去哪里玩。基地怎么闷，也闷不了我的。"

狩猎者

　　我们这一组戏里，因为住的地方各有一个厨房，大家便烧起菜来，煮得最好的，是一位叫阿方的工作人员。

　　阿方是台北乡下人，父亲的职业是铸打猎枪。

　　从小记忆，阿方爸不停地把铁打平，卷成圆筒，两筒拼起，再从尿槽中取出氨块、铁锈、锅底黑灰等等，拼命地塞入筒中，加纸、倒入小铅块，再加纸，土制的猎枪便完成了。

　　他家的屋顶有许多小洞，烧菜时烟雾朦胧，射出数不尽的光线线条。这是阿方爸有一次不小心，猎枪走火造成的。阿方爸不断地试枪，将许多野味带回家；阿方妈是个高手，烧成佳肴。阿方从此会作各种不同的小菜。

　　跟我们出来拍戏，阿方无尽的资源，每次都给我们一些惊奇。像他会失踪一会儿，回来时已在附近的池塘中抓到两条花鳝王，当晚又是红烧鱼头，又有清燉枸杞汤，每位同事都有份吃。

有时就地取材，打开旅馆中的窗户，用支棍子套着钢线，抓三四只野鸽，也那么地煮将起来。总之，任何野生动物，遇上阿方便糟糕，在他眼中都变成食物。

在香港，阿方有个做鱼排生意的朋友，靠养游水海鲜过活。这个朋友有很大的苦恼，那就是晚上常有一群夜游鹤飞来吃鱼，还常用尖嘴把鱼的眼睛啄瞎了。朋友向阿方求救。

阿方说："在海上打夜游鹤，最多杀一两只，不能阻止它们再来，唯一的方法，是找到它们的老巢。"

接着，阿方跟踪夜游鹤群到大埔，观察甚久，夜游鹤很奇怪，一生一定四个蛋。阿方等到小鹤都长大学飞后便下手，一共杀了七十八只夜游鹤父母。

香港的野生动物绝种，不关阿方事，因为他说他知道鹤群的后代能生存，才肯射杀，这是阿方爸的教育。

有了厨房阿方便大烧其菜。没有厨房，阿方也能变戏法。一次日本的外景，小酒店中只有一张床，阿方问我："要不要喝鸡汤？"

"你去哪里弄来的史云生？"我问。

阿方不屑地："我才不喝罐头汤呢。"

说完给我一碗，喝几口，鲜美得很，是现煲现饮的清甜。

正当我用好奇的眼光望着他时，阿方指着酒店房中那个电器热水壶，圆顶大口的那种，里面塞了一只鸡，还加了田七，他把人家沏茶的工具当起汽锅来了。

我喝了他的汤还不领情，向他咆哮："下一个客人一定喝到怪味，怎么对得起人家？"

阿方嚅嚅地："我洗得很干净，保证没事！"

不但是位狩猎的高手，阿方最大的本领是潜水打鱼。他一出海必有收获，经常射杀多尾巨鱼回来，拿去卖给西贡的海鲜铺，自己只要一个大鱼肝，用蒜头蒸了，啊，是天下美味。

一次，阿方又去潜水，他说："我看到了一只一生人之中最大的龙趸。"

"多大？"我问。

"三担。三百斤，大约五百磅吧。"

"要养多久才能长得那么大？"我问。

"七十年。"阿方说。

那条大鱼遇到了阿方，瞪大眼看着他，他也瞪大眼睛看着那条鱼，本能地，阿方向鱼射了一枪，鱼逃跑，阿方追去，鱼躲入石头缝中，阿方拔出腰间的兰博刀，往鱼身猛刺，鱼一挣扎，钢刀裂断，但鱼身已又出几个洞。

阿方将身上的铅带穿过鱼身绑住，令鱼游不远，便浮上水面，由船中拉下大绳子绑着，一路将鱼拖上岸。

那条大龙趸，一个人吃一斤，也可分给三百个西贡的乡民，大家高兴地领了鱼肉回家。

成龙在一边听了阿方的故事，向他说："杀了龙趸，一定没有好报。"

"是呀。"阿方说，"但是乡民都教我，买一条纸扎的大鱼，烧给海龙王，就没事了。"

"哪有那么便宜的事？没好报，没好报。"成龙摇头。

阿方的脸越来越青。

我向成龙说："人家已后悔了，别再那么说他。"

"你又杀鱼，又杀鹤，没好报。"在一旁的编剧邓景生也加一把嘴。

"那些夜游鹤吃掉人家的生计，是坏动物呀！"阿方抗议。

"其实最坏的动物是人。"成龙瞪着阿方。

"是呀！"邓景生又插嘴："把你杀了，扎个纸人，烧了之后也没事。"

阿方懊恼和沮丧到极点，低下头去。

我走过去拍拍他肩膀："事情过了，别想它，下次不杀，不就行了？"

阿方说，说得也是，较为开朗。

远处飞来一只乌鸦，嘎嘎啼叫，阿方问我："乌鸦肉不知好不好吃？"

哈雷友

我们的电影里有场追逐的戏，成龙救了美人之后，十几个歹徒追杀他，成龙用他的机智，躲进人群之中。

这堆所谓的"人群"，结果越弄越大，变成有几十对骑着"哈雷"电单车的地狱天使团体结婚，给成龙误闯婚礼。

帮我们拍的，个个都是货真价实的地狱天使，大胡子，大肚腩，戴黑眼镜，穿皮衣裤，长头发的男女。

普通人见到了怕得逃避，我和他们聊天，才知道对他们的印象是错误的。

"我们一有空，就到儿童医院去，生病的小孩子们想试骑电单车的味道，我们载他们到郊外去走走，回到医院，他们都说心情开朗得多了。"

原来这群哈雷友是喜欢做善事的。

"除了小孩，我们也到老人院去。"一个大胡子说，"你不知道，那群老人乘了电单车，多高兴！其中还有一个是九十五岁的。"

"你们不务正业，钱哪里来？"我问。

"谁说我们不务正业啦？我们都有正当的工作的。"说完他指着这个指着那个，"他是律师，他是餐厅老板，他是水泥匠，他是银行经理。"

"你们到处去，有没有一个目的地？"我问。

"当然有啦。"大胡子说，"我们这个会有八十几个人，只要其中一个建议去什么地方，大家都赞同，由这个人带队，他便是领袖，我们个个轮流做领袖。"

"无端端地跑到人家的旅馆，不把人家吓坏才怪呢！"我说。

大胡子笑了："我们会预先打电话去的，我们几十辆亮晶晶的哈雷电单车停在旅馆面前，也为他们做广告，通常我们还很受欢迎的。"

"你们怎会爱上哈雷这种电单车的？"这个问题我一直想知道。

"天下再没有比哈雷更漂亮的机器了。"大胡子指着他自己的那一辆，"我一有钱，就添一点装饰品，加呀加呀，车子就有自己的个性，你看我们这么多辆车，没有一辆是一样的。"

仔细观察，果然都不同。

"一般人的印象，你们都很坏，你们真的很坏吗？"我单刀直入地。

"坏？"大胡子说，"我们一有时间就装修我们的车，哪有时间学坏呀？"

说得也有点道理。我问："警察看到你，会不会找你麻烦。"

"会，"他说，"他们时时截停我，查我的身份证，我就拿出我的勋章给他们看，我也是一个警察。"

"地狱天使，最过瘾的是什么事？"我问。

大胡子说："最过瘾的，是载了我的太太，把车子停在一间高级餐厅前面，大摇大摆地走进去吃饭，人人都怕我们，把我们当成是妖怪，但一接触，知道我们都是好人一个，大家都惊奇，我就是喜欢那个惊奇的表情。"

我笑了出来，想起最初遇到他，我的表情，也是那么滑稽，他看了一定很乐。

大胡子身边的女伴，也和他一样穿皮衣裤，长发披肩，看起来也是近五十的人，有一份高贵的气质。

"这是我的妻子。"大胡子介绍，"平时做服装设计的。"

她伸出手来让我握。

"你们多多少少，都受了做过嬉皮士的影响，是不是？"我问。

她点头："那是一个美好的年代。现在过了，才知道它的美好，我们无拘无束，我们奔放自由。看目前年轻的一代，个个死盯着电脑，更觉得嬉皮士的可爱。到底我们可以向自己说：我们没做错过。"

"你们有孩子吗？"

"都长大了。"他们同时回答，"现在在念大学。"

"父母亲是地狱天使。"我问，"他们有什么想法，怕不怕给人家笑？"

大胡子说："他们不能接受我们的生活方式，就像我们不能接受我们父母亲的生活方式一样，但这不代表他们会恨我们，我们也没恨过我们的父母。"

"青春期的反抗心理总有吧？"

"那个时期什么都反抗，和做地狱天使无关。父母亲的教育对子女太过重要了。我小的时候，三更半夜，父亲会把我叫醒，驾了车，到原野去数那无尽的星星，这个印象一直种植在我的脑中，也影响我后来的生活。当然，当我们有小孩的时候，也三更半夜带他们去看星星。我想，他们长大后，也会带他们的儿女去看星星。"大胡子的太太一口气地说。

"带我去看星星。"我向他们说，"现在去，不会太迟吧。"

"不迟。"说完，他们走过来拥抱我。

龟公

中饭时间，负责伙食的人在草地上搭了一个大营帐，我们在清风下进食。

坐在我对面的是一个特约演员，戏中，他演一个打手，但样子相当慈祥，带点滑稽。

"你怎么进入这一行的？"我问。了解对方，这是一个最好的开始，每一个踏入电影圈的人，都有一个很长的故事。

"从小爸妈就带我去看电影。"他说，"由第一部电影开始，我就变成一只电影甲虫。"

这是外国人的一句俗语，受电影影响像被虫咬了一下，从此不翻身。

"第一部看的电影是什么？"我问。

从答案，可知对方的年龄。《乱世佳人》的话，六十多七十岁。《宾虚》的话，五十多六十岁。《仙乐飘飘》的话，四十多五十岁。《周末狂热》的话，三十多四十岁，《星球大战》的话，二十多三十岁。《侏罗纪公园》的话，十几二十岁。《狮子王》的话，只有几岁。当《北非谍影》第一次公映，已是观众的话，那也许已老得不在人世了。

"我倒忘记了。"他说，"不过我看詹姆斯·迪恩的《荡母痴儿》，一看就是二十多次。"

崇拜明星的年龄大概是十几岁，迪恩已死三十多年，他的年纪已可算出。

"你今年四十八。"我说。

"你怎么知道？"他大感好奇。

我微笑不语。

接着问他："澳洲戏拍得不多，你做特约，生活能维持得下去吗？"

"当然不行啰。"他说，"我们都把这一行当副业，大家都有正职的。"

"那你平时是干什么的？"我问。

"我开夜总会的。"他带点谦虚地，"不是很大间。"

"怎样的夜总会？"

夜总会有很多种，吃饭的，表演的，喝酒的，伴舞的或者是男宾服务男宾的……

"跳桌上舞的。"他说。

所谓桌上舞，是由许多女郎坐在你前面的桌子上，将大腿和其重要部分给客人看。她们的身体上，只有一条腿圈，让客人把小费塞在圈内。除此之外，没有其他衣物，但客人是不准与她们有任何的接触。

"澳洲开这种地方的人多吗？"

"我是第一个。"他自豪地说。

"澳洲并非一个很开放的社会，"我说，"人民还是相当保守，有一套旧的道德水准。"

"可不是嘛？"他同意，"但是凡事总有一个开始呀，这也是学校中老师教的。"

"你怎会想到去开这间东西呢？"

他娓娓道来："我年轻时性欲很旺盛，有很多女朋友。但是大家都穷得要命，时常啃面包。年纪渐渐大了。我想，再这么穷下去也不是办法。女朋友们也同意。我的欲望也不再那么厉害，她们的反而不减少。我就和她们商量，不如由我来做龟公，你们当妓女。"

"她们肯吗？"

"她们一生也没有好好享受过。"他说，"第一次卖了，得到钱大家到一间像样的餐馆大吃一餐，摸着肚子，说吃饱的感觉很好，做鸡就做鸡吧。"

"但是遇到讨厌的客人，经验总是不愉快的呀！"我指出。

"你说得对。"他点头，"所以我想出这一招。男人总是好色，就给他们色看。看了不准动那个女的。女人已卖过身，给人家看也不当成一回大事，好过被人压着，大家都举手赞成。"

"你就那么开起店来？"

"是的，起初没有牌照就营业，一直被罚款。反正我赚到的钱比被罚的多，罚就罚吧，就那么做下去。一做就做了几年，没发生过什么打架、醉酒的事。"他说。

"不怕被抄家关门吗？"

"我也想过，不是办法，就开始和政府打起官司来了。我说这么多年，没有对社会造成什么不良影响，文明进步的都市，需要各方面的娱乐，大人玩的地方也应该照顾到。陪审员起初不接受，后来也渐渐觉得有理。这官司你打赢我上诉，我打赢政府上诉，一拖又好几年。最后一次，他们施压力，派大队警察冲进来搜查。我再告政府一条罪，说警察穿着那笔挺的制服，态度高傲，和德国盖世太保有何两样？我告赢了，结果政府通过一条法律，不准穿制服的警察进入娱乐场所。至于发牌照的官司，也告一段落，政府和我庭外和解，他们发牌照给我，我那部分的律师费由我自己付，虽然花了不少钱，也是值得的。"

"现在赚大钱，还来当什么临时演员？"我问。

他笑着回答："衣食住行，能用几个钱？做这一行女人接触得多，也有一点冷感。还是电影好，百看不厌。当几天演员，过瘾得很。我很想投资拍一部自传，你有没有兴趣？"

"值得考虑，值得考虑。"我点头。

野女孩

　　成龙一面拍戏，空余时间，经理人陈自强安排他拍一些广告。反正日本人手阔，一两天工夫就是七八百万港币，何乐不为。

　　这一次广告公司派了大队人马，移阵到墨尔本来。除了日本和香港的工作人员，还在当地请了一些助手。

　　其中有位金发女孩，圆脸，两颗大眼睛之外，五官的配合并不调和，可以说是难看到极点。而且，头发是染的，本身是个日本人。

　　广告拍完，摄影队归去。隔了数日，成龙请友人加山吃饭的时候，这个女人又出现了。

　　"我是在这里念书的。"她宣布。

　　多一个人吃饭，不要紧，但是菜一上，她大咧咧地举筷先夹馐。礼貌这两个字，她的字典中不存在。

年纪还小，我们不在乎。

成龙叫的那支珍藏红酒，正等着呼吸，她已等不及，自己倒一大杯，咕哩咕嘟地灌下去。再倾，又是一杯，当成可乐。未几，已干掉半瓶。

为成龙制造夹克和 T 恤的加山，低声地用日语向我说："现在日本的新人类，和我们认识的女孩子不太一样吧。"

我笑着问："什么女孩子？"

"她年纪不大，叫女人太老？"加山说。

"什么女人？"我再问。

加山用目光对着她："那个女人呀。"

"什么女人？"我又问。

"难道是男人吗？"加山说。

"是人吗？"我反问。

加山听明白，笑了。

当当当，这只东西有点醉，拿了筷子，把碗碟当成锣鼓，敲将起来。

烟一根接着一根，手指也黄了，牙齿也黄了。看见三十支装的万宝路烟盒已空，走过来把我那一包拿去，谢也不说一声，从此不回头。

她死缠着成龙讲话，一面讲一面拍着成龙的手臂，不让他有机会分神。说完一个并不好笑的笑话，大家笑不出，她自己咯咯大笑不停。

这顿饭好不容易吃完，甜品上桌，是一大碟芒果布丁，她先用匙羹掏了一羹，大叫："Oishi, Oishi。"

用舌头把匙羹舔了又舔，不等其他人，又来一羹。这一下，大家都不敢再吃，尤其是听完她见到喜欢的男人便和他们上床的故事。

席散，我们回公寓去，这东西死都要跟来，不管大家怎么暗示。后来，干脆向她说："我们还有工作要谈，你来了不方便。"

她苦苦地哀求之后，举起三只手指做童子军发誓状："让我在一边听吧，我答应一句声也不出。"

拗不过她，让她上车。

果然遵守诺言，这个话说不停的东西，进到成龙房间只声不出，但很惹人反感地东翻西翻。被大喝一声之后，才乖乖地坐下。

加山拿出几十种设计给成龙看，怎么看都不满意，T恤的图案，失败了不要紧，本钱轻，数量也不多，但一到夹克，尤其是皮制的，非细心处理不可。

正当烦恼，那个东西悄悄地拿着特粗的签字笔，把图案的侧边和底部钩了一钩。字体即刻突出，由平凡的设计变成一个极有品位的标志。

"我是学服装设计的。"她终于开口。

大家都在感叹她触觉的灵敏时，她由袋中拿出一堆彩色笔，把其他的设计左改右改，变成张张都能派出用场。

"犀利！"有些人喊了出来。

"唔算乜嘢啦！"她说。

"你识讲广东话？"大家惊奇。

她腔调纯正地："上几个男朋友系香港人，床上学嘅。"

"重识得讲几种话？"

"法文啦、西班牙话啦。"她说得轻松。

不解释大家也知道，又是在床上学的。

由台湾来的女主角也在座，她不懂广东话，用国语问："你那间学校不错嘛，我也要去学。"

"只学基础好了。"她又以国语回答，"其他的在书本、杂志上学，去博物馆学，到各个大城市的商店学，学校教的，没用。"

"我们吃饭的时候骂你的，你都听得懂？"众人问。

"不。"她摇头："不想听的，听不懂。"

"你怎么这么野？"我们干脆直接问她。

"做艺术的人，感情是不可以控制的。但是多几年，我也不会那么放肆，老了就圆滑，趁现在年轻，野一点有什么关系？"她说。

"但是不是每一个都能忍受得了你呀！"我们说。

她幽静地回答："我也在忍受你们呀！"

叹为观止，绝倒。

傻豹

过去的成龙片子，都没拍电影制作专集，这次决定出品一部一小时的纪录片，以供观众欣赏一些幕后工作。这个纪录片由香港来的陈星桦负责制作。

陈星桦是位做事勤力，但说话嗲声嗲气的女人。样子颇好看，不像一般干电影的男仔头女性。她亦同时担任与广告商的联络，招请到许多大型广告赞助此片。与对方谈条件时，她又出嗲声嗲气那一招，把他们哄得团团乱转，一切听她的。

在化妆师傅爱姐家中做客开餐，饭后她主动地洗碗碟，很有家庭主妇风范，不像一些讨厌的女子，搭完伙食拍拍屁股走那么没有教养。

我们常笑她说："今后将成为好媳妇。"

多数女子都会摇头说不是，不是，谦虚一番，但陈星桦笑嘻嘻地直认不讳，我们只有加一个尾巴给她："要是嫁得出去的话。"

陈星桦听了学着台湾女子，娇声地说一声："讨厌。"再继续洗她的碗碟。

一晚，我们在拍夜班，八点钟左右，来了一个电话，陈星桦哭丧着说："房里的东西都给人家偷了，现金不要紧，但是护照、身份证、信用卡、古董手表、香港家里的钥匙、联络的电子簿，都完了。"

还以为澳洲是一个没什么罪犯的国家，正认定它是很安全的时候，不幸地发生这宗案子。

"马上报警，不然其他人的房间的东西会再不见。"我们吩咐。

她听后即刻打电话到警署。

"什么事？"对方问。

"东西被人偷了。"她说。

对方唔了一声："有没有人受伤？"

"没有。"

对方又唔了一声："我们尽快派人来调查。"

一个钟头过去，没来，两个钟头过去，没来，打电话询问，说就来了。三个钟头过去，再催促，对方又客气地说就来，到了四个钟头过去，还是不来。最后，警察署来电："现在十二点，太晚了，我们明天早上十点钟再来。"

第二天，还是等不到，第三天，同样。

到了第四天，终于来了两个穿制服的警察，拿了一大叠文件，东问西问，把过程一一详细记下，夹入文件箱中。公事办完，他们开始问陈星桦关于九七之后回归大陆事，又自己发表大篇理论，才起身告辞。

陈星桦把那两个警察送到隔壁的办公室去，介绍了一些同事，说要是她不在，可以与同事联络。

事毕，陈星桦回到自己的房间，一看——

那一大叠文件的夹子在桌上，原来警察忘记把它带回去。

"算了，破财挡灾。"我们安慰她。

陈星桦点点头，又去洗碗。

以为一切告一段落，星期天大家在休息时，一大早，各个房间的门铃都作响，来了一个人，找不到陈星桦房号，只有逐家人问。

轮到我，打开门，看见一个穿着雨褛的人，样子漫画化，有点像傻豹中的那个人物。果然，他自我介绍："我是探长。"

带他去见陈星桦，她被吵醒，有点懊恼，劈头地问那探长说："你怎么过了那么多天才来？"

傻豹搓搓头："我试过打了很多电话给你，你的号码字头是0011-852，澳洲的手提电话没有这种号码的呀！"

"那是国际漫游电话！"陈星桦差点喊了出来。

"国际漫游？"他讶异，"你是说你的电话可以拿到澳洲来用？"

陈星桦看看我，我看看她。

"科技真发达！"傻豹感叹，"那是说，我打给你，要付长途电话费吧？怪不得打不通，我们局里没有国际直播的服务，没钱打国际电话。"

我们不知道说什么才好。

傻豹继续："失窃是件小事，我们通常先做完重要的案件，才来处理的。你们也知道嘛，整个维多利亚省有三百五十万人，我们只有一千五百个警察，平均两千九百个人，才有一个警察，而且他们忙着抄违法泊车的牌，所以没有那么快才理会到你的案件，真对不起你。"

真拿他没办法。傻豹翻了档案，大叫："原来你们是来拍成龙的片子的！我和我的儿子都是成龙的影迷。"

接着的一个小时之内，他如数家珍地把所有成龙的电影从头说到尾，问的关于成龙的问题，数百条之多。对本来案件，提都不提。

我们向他大喝一声："你到底是探长还是记者？"

他耸耸肩："记者和探长，还不是一样？许多案件，都是《六十分钟时事》那个节目的记者翻出来，我们才破得了案。别谈这些，你们求成龙给我一张签名的照片吧！"

"东西找回来，我们送你一件成龙签名的皮夹克！"我们哭笑不得，"找不回来，休想！"

傻豹欢天喜地地走了，我们知道，他绝对找不回失物，也永远得不到那皮夹克。

相机医生

　　我们在墨尔本挑选的外景地，是一个老工业区，从前的一些纺织工厂，现在改为高楼顶住宅和餐厅。其中一间，挂着"相机诊所"的招牌。

　　哈，大城市都应该有这么一间东西，提供服务于那些相机发狂人，要是老友曾希邦看见了，一定很高兴，他将与这家诊所的人谈照相机，乐死他了。

　　好不好走进去看看？想了想。总之想做的，不做就后悔，便去敲门。

　　开门的是一位老先生，圆脸，一副老实相，像年纪大了的查理·布朗。他穿着白色的医生制服，圆领，左边的肩上有三颗纽扣。

　　我说明来意，想参观一下。医生的助手走出来，他是个香港人，大家的关系又亲密了一层。

"我先带你走一圈。"他诚恳地招呼。

我不客气地跟着他到处看,有许多新的仪器,用来测量照相机的光圈、速度和焦点。"要是正常的话,仪器表上那三行,都应该指着零零零。"说完,他把一个相机对准,拍将起来,表上指的是零点一四、零点六、零点一五,都不是零零零。

医生抓抓头:"怎么那么不准?不过,大部分相机都有点偏差的。"

"难修吗?"我问。

"越新款的越难修。"他说,"什么都是电子控制的。一坏,整个电路板便要换掉,电路板大公司花很多钱设计,当然不能当普通零件卖,我们想以合理价钱为客人修,也没办法。"

这时候他的儿子走过来,是一位中年的查理·布朗,穿着男护士的制服,拿了一个相机去修。

整家诊所分两层,各三千平方英尺,有十来个人埋头工作,气氛安详得很。

我问医生:"你们为不为专业摄影师设计他们的影楼?这倒是一笔大生意。"

他的答案令我汗颜:"我们这里像一个大家庭,都是些志同道合的相机发烧友集中在一起,一有新相机就拆开来共同研究,乐得不得了。我也做过为人设计摄影棚,收入的确不错,但是太花我们的时间了,设计影室的工作又不固定,我们在这里一个螺丝一个螺丝地为客人修相机,始终是一种较为长远的职业。我和我儿子也谈过，大家都认为收入少一点不要紧，最重要的是做自己喜欢的，也就够了。"

"你的助手是香港人，你也没种族歧视吧。"我问。

他笑笑："一有共同爱好，便是同一族人了。"

说得好，我也微笑。

"而且，"他说："中国人给澳洲人的印象是聪明、勤力，都是做教授、做医生的料子。"

"墨尔本的赌场中，挤的也都是中国人。"我说。

他点头："有好有坏，哪里都一样。"

"我们东方人相信子承父业，想不到你们也一样。"我望着中年查理·布朗说。

"谁不想把儿子当朋友呢。"他感叹："要是他和我有同一个嗜好，我们不是每天可以聊个不停。但是他是他，我是我，兴趣一样，见解还是不同的。年轻人总有一份固执，我认为他在走错路，正要纠正他的时候，忽然，我一想，也许他是对的呢？所以我又不出声了。我没有教他什么，我也不敢说我有资格教他，我只是把我的失败，当成笑话地讲给他听，入不入耳是他的事，至少他笑了出来。能有一个儿子在身边是好的，我猜，这是运气问题，不是每一个都像我那么幸运。硬来是不行的，只有愚蠢的人才会逼着儿子承继他们的事业。"

换个话题，我问他说："修理相机就修理相机，为什么要穿着这医生袍？"

他又笑了："给初来的顾客有一个好的印象罢了。做我这一行，最大的乐趣还是交朋友。这么多年来，有那么多的相机发烧友拿他们心爱的东西来给我修，他们满意了，请我吃餐饭，我又回请他们，关系是坚固和长久的。"

"他们的相机是什么状态下拿来的？"

"有的上面都是子弹洞。"他说。

"子弹洞？当战地记者的？"

"不，这个人和一班朋友去打猎，买了一顶新帽子。他要去小便，怕太阳晒着相机，便把帽子盖着它。他的朋友走过来，看见那顶新帽子，大家说新的不好看，决定将它弄旧一点，大家便对着帽子开了几枪。"

"那有没有得修？"我问。

"当然没救啦。"他说，"不过我曾经把一个砸得稀烂的相机修理好。等这位顾客来拿相机时，我问他：到底是什么原因才把相机弄成这个样子。他解释：'我在郊外，看见一条大蟒蛇向我爬过来，我手无寸铁，就这么拿起相机来打它。'他说完拿起相机对着桌子示范，我正要阻止他，但已来不及，砰的一声，他把我修得好好的相机又砸烂了。"

胡金铨

又一位朋友离我而去。

记得家父常说："老友是古董瓷器，打烂一件，不见一件。"

家中挂着一幅胡金铨的画，描写北京街头烧饼油条小贩的辛勤。他没有正式上过美术课，其实，他也没有正式上过任何课，但样样精通，英文也是自修。画，是在摄影棚中随手捡来的手艺之一。

金铨电影的画面，常有宋人山水的意境，如花似雾地引出渺小的路人，或是书生，也许是大侠，每一幅都是用镜头画上去的佳作。

因为当年政治因素，并不允许他到大陆拍外景，他只有利用台湾或韩国的峻岭来再现。山水画中，云朵的位置十分重要，他叫了大批工作人员去放烟。小小的发烟筒不够用，当地制作环境又恶劣，胡金铨跑到农夫家里，把他的杀虫喷雾机买了下来，看准风向，制造烟雾，构图完美。

土法炼钢，占了他的作品中极大的部分。在他不断的要求下，武侠电影才有了真实感。

《大醉侠》之前，男女主角用的刀剑，都以木条包锡箔充数，胡金铨叫道具找了钢片，锯出剑形，打磨之下，那把剑舞了起来，霍霍生风，微微颤抖，才是中国电影中第一把像剑的剑。

胡金铨对元朝有特别钟爱，所以对服饰也有很深的研究，重要的是穿在人物身上，他要求是一件平时也可以穿的衣服，绝非唱大戏中的服装。在他的作品中，单单欣赏这一点，已有满足感。

至于发饰，胡金铨深恶戴起来额前还有一道胶水痕的假发，他宁愿利用演员的真发，再加上假鬓来造型，胡金铨之后，港台两地制作了不少古装武侠片，但没有一部有时代考据。片中的男女主角，还是很退步地，在额前有一道胶水痕，至今如此。

因对细节的要求而影响电影拍摄的进度，胡金铨一拍就是一年，在以三十天制作一部的电影黄金时代来说，是件不可饶恕的事。胡金铨电影的谣言四飞。

为了求证，我问过他："人家说你的外搭景石阶，要洒水，等它长出青苔才拍，有没有这一回事？"

胡金铨哈哈大笑："要看起来长满青苔，还不容易？只要把木屑浸湿，加绿色染料，一把一把打向石阶，谁也看不出是真是假。"

"那么大厅中的圆柱呢？人家说要砍一棵那么大的树干，你才收货。"

胡金铨再次大笑："中间空的，用木头包起来漆红的柱子，的确不像样子。我的方法是拿喷火筒来将木头表面烧焦，再用砂纸一磨，木纹不就都显出来吗？"

拍《侠女》时进度慢，照我知道，也不全是他的责任，制片厂想搭一条永久性的街道，留着以后所有古装片用，也是原因之一；胡金铨花了毕生精力，一砖一瓦设计，间中他并没有领取美术指导的费用。

此片用的电影技巧，令资深的外国电影工作者惊讶："女主角徐枫在奔跑的那个镜头，摄影机跟得那么长、那么久，怎样把焦点对得那么准？"

问他窍门，胡金铨轻描淡写地："我用一条长绳，一头绑在摄影师的腰部，另一头绑在徐枫的腰部，叫她绕着圆圈跑，焦点怎么会不准呢？"

闲时，胡金铨便读书，他属于过目不忘的那种人。金庸、倪匡都是，他们一谈《三国》，什么人的名字，穿什么衣服，讲过什么话，都能一一背出。

这种人身边有许多朋友，但他们都渴望和水准相同的人谈话，讲些什么一提即通，但并非每天都有这种机会，所以相当地寂寞。

胡金铨的北京情意结，不止于他送我的那幅画，他敬仰熟悉北京的作者老舍，曾经到世界各个图书馆找寻资料，要为老舍作一传记，虽然他也出版过一本研究老舍的书，但他本人并不满意，说只能当成一篇序罢了。

晚年，他独居洛杉矶，没有工作，生活费怎样来的？老友们都打趣说他还是在领取"美国之音"的政治佣金，这当然是笑话。

胡金铨的起居简单，近年又有本港一家周刊的散文稿费支持，听说数目不菲，这点要感谢他们。

有位少女仰慕他的才华，一直跟着他在美国居住，我们这群朋友听了也老怀欢慰。

这么一位有学问的导演，在外国已是人间国宝，他在得不到任何援助之下，还是不放弃地筹备着一部美国华工史诗，做了很多资料搜集，这部片的题名叫《I Go，Oh No！》，在美国的确有两个 I Go 和 Oh No 的市镇，他都走过。希望接班的电影人，记得胡金铨的教训，别让我们看到男女主角的额上，有道胶水痕。

胡金铨擦脸的动作与一般人不同，他是左手握着酒杯，右手抚着额头，一二三地从上到下，刷的一声擦下。然后瞪着他那两只大眼睛，笑嘻嘻地望着你，令人记忆犹新。

导演，安息吧，您在中国电影历史上已留名，每一个人都有达不到的愿望，您已得七八成，可以放下一切，往生西方，早成佛道。

打不死的阿根

　　看动作片，反映主角身手灵活的一个重要部分，是被打的武师。

　　好一些从三楼摔下，撞烂了桌子和椅背，再大力跌在地上的人，就是那群打不死的武师。这个镜头从头到尾不剪接，绝无虚假，而武师是为别人做替身；自己上阵，岂有找人替自己的道理？

　　如果你在录影带中留意观察，便会注意到其中有个身材矮小，壮健如石，瞪大眼睛，嘴唇很厚的武师，这个人叫阿根。

　　近年来，成龙电影多数在异乡拍摄，主角打的对手，当然是外国人，外国武师经验不足，阿根要做替身的替身，白的、黑的，阿根都扮过，反正摔得最厉害的，一定是他。

　　在一部叫《龙兄虎弟》的片中，成龙要和多位领袖派来的六个黑人女子高手对打，我们千挑百选地由美国进口了六个学过空手道的，但一来之后，才发现不是每一个都会打，而且一两个还极不听话。

反正那些黑人女子个个样子丑陋，成龙干脆把不听话的换了下来，由中国武师扮演。

阿根就涂黑了全身，戴着卷曲的假发，厚着嘴唇，瞪大眼睛上阵，被成龙拳飞脚踢，打个落花流水。因为阿根扮得很像，后来拍特写时，成龙也不避开，让阿根亲自担任，保管观众看完，说什么也认不出是他。

问阿根是怎么进这一行，当成武师的。

阿根说："我哥哥在 Jackie 那里当武师，我便跟来玩。起初是替工作人员驾车当司机，吃饭时闲了下来，我便学人从高的地方跳下。Jackie 看到我的反应还算快，便叫我试试看，这一试，试到现在，十多年咯。"

"有没有受过伤？"

学着洋人，用手敲敲木头，阿根说："伤倒是没受过。我们都有保护关节的设备，藏在衣服里，观众看不到，只要计算得准，摔下来时靠这些安全措施，便没事。但是，做其他危险动作时就没那么幸运。"

阿根卷起裤脚，露出小腿的一道八英寸的疤痕："这是拍快艇追逐时的伤口。那场戏是我抓着快艇的边，后面另一只快艇追上，哪知道浪一大，把我整个人卷到后面快艇的螺旋桨上，断了脚算是幸运的，要是打中头，现在就不会和你聊天了。"

"那次伤了多久？"

阿根笑嘻嘻地："筋、骨都断掉，一趟，休息了整整三年。"

"那三年有没有进账？"

"有劳工意外保险，但是足足等了三年，才拿到保险金，要不是公司先拿钱出来，后果不堪设想。"

"你要养家的吗？"

"我们一共有十二个兄弟姐妹。"

"同一个工厂？"

阿根笑了："是我妈妈一个人生的。我们那层楼，由我供，所以现在还没娶老婆。"

"拍拖呢？"

"和日本的成龙影迷拍过一次。她认得出我，要我的签名，就那么认识的。"

"为了什么分手？"

"她父母反对。说我们这种人好赌，不会剩钱，养不了家。这倒也没说错，做武师的，生活在刺激里，普通娱乐都不够刺激，除了赌钱。"阿根说。

"你呢，你赌不赌？"

"也赌。不过有一点点分寸。"

副导演来叫，阿根上场，这一场戏是在一辆窄小的九人座位巴士中的打斗，成龙一对五，打个天昏地暗。

车子驾过一个凹处，大力一跳，车中所有的人都被弹上车顶，只有阿根是秃头，没头发保护，头顶开了花，血流如注。

请来的澳洲护士赶紧为阿根包扎伤口，普通人已昏倒，但阿根笑嘻嘻地说："没事，没事。"

第二天，阿根照样开工。说也奇怪，那么长的一道伤口，已经结合起来。

"真的不要紧？"我问。

阿根说："这不算是伤，真正的伤是那次断腿。"

"有没有什么后患？"

"身体好了，和从前的一样，但是心理是受了影响。没有伤过，以为自己什么都行，任何危险动作都不怕做。但是经过一次大伤，胆子就小了一点，这是一定的事。所以我很佩服大哥，受过那么多次伤还能继续下去。"

"你很崇拜他？"

阿根点头："我们在拍《A计划》续集时，借了香港大学，有些大学生走过，用看不起的眼光看我，当时我的确有点自卑，但是大哥拍拍我的肩膀，说我比他们强得多，我很感动，一直记住。"

"一般人的印象，你们做武师的都喜欢打架！"我说。

阿根笑了："工作时已经天天打，回到现实生活还打？脑筋一定有问题。"

爱姐和荷西

　　我们的外景队，有两位化妆师。

　　荷西在澳洲聘请，来头大，在《勇敢的心》一片中，得过奥斯卡化妆奖，原来是西班牙人，后来落籍于澳洲。他身材高大。

　　爱姐由香港带来，十几岁就开始在邵氏影城为大明星化妆，跟过无数的港产片，电影圈中许多出色的化妆师都是由爱姐一手教导的。她身材矮小。

　　两人在技术上，都非常地专业；但两人在方法上，和他们的身高一样，截然不同。

　　给予计划周详，充足时间，环境优良的条件下，荷西的化妆术是完美的。他可以把人发用滚水煮熟，一束束留下备用，遇到演员需要黏小胡子时，他拿了出来，一撮撮地用胶水粘上，再用一把小剪刀般的电叉，将毛发弯曲，一点也见不到人工的痕迹，天衣无缝。

计划改变，毫无时间，风风雨雨之下，爱姐能就地取材，对主要演员的妆，一个个化好，每人也不消十五分钟，导演喊开工，从来没有让他等待过。

戏开拍之前，荷西要求一定有辆化妆车，才能工作。我说恶劣环境或旁观者众多处应该有，但是如拍室内，可省则省。荷西甚不以为然："没有化妆车，开不了工。"

"上部成龙的戏，在雪山拍，你也跟过，化妆车上不了雪山，还不是一样在露天化妆？"我的语气，带点做就做，不做拉倒的味道。

荷西叽里咕噜，悻然走开，后来他在现场化妆时，我常去学习，又和他研究好莱坞的各种新化妆品材料，我们两人才有说有笑，关系搞得不错。

和爱姐合作多年，大家都知道对方的工作能力，我差不多每晚收工后在爱姐房内开饭，和美术指导小马，助手亚细，服装的阿珊、小云等一大伙烧菜吃，乐融融也。

这次拍的一场马车追逐戏，在墨尔本市中心的斯旺斯顿大街进行，相当于香港铜锣湾那么热闹。

英雄救美，成龙从商场门口跳上马车，十多个身手不凡的外国武师追着，在车上拳来脚往，成龙把敌人一一打退，歹徒被打得双眼像熊猫，头发凌乱。

成龙头发也乱，但要乱得有型有款，副导演在拍完一个镜头后大叫："反派打手口角加血！成龙大哥梳头发，脸上喷汗水，女主角面部弄脏！"

说时迟，那时快，不知道爱姐什么时候，从什么地方钻了出来，提着她的百宝袋，已经跳上车为女主角补妆，一面又拿了水壶喷向成龙脸上，接着在一个个武师口边点血浆。

我们的荷西呢？只见他左手提着一个精致的黑色小皮箱，右手拿着一个看歌剧用的望远镜，气冲冲地跑过来。

荷西非常专业，马车上众人的一举一动他都了如指掌，他在远处透过望远镜看演员的妆是否脱落，头发是否连戏？

其他武师由荷西补妆，但他的小黑箱中装不了那么多的材料，血浆和化瘀肿的油彩都忘记放进去，只有向爱姐借来用。

对于此事，荷西有点尴尬，下不了台，唯有向制作部咆哮：为什么不提早说有打伤的镜头？为什么不预先通知他马车停下的位置，等等等等。

这就是澳洲人办事与香港人的不同，不单是化妆部门，引申至副导演组、摄影组、美术组、道具服装组，都是同样，我们在外国拍戏拍得多，所有洋人皆跟不上香港人的步伐，尤其在德国或奥地利等国家，更是一板一眼，临时有个什么变动，他们都受不了此种刺激。

服装设计阿珊，气愤地说："女主角的妆，一化就化两个钟，不完美才怪，澳洲工作人员一星期才做六天事，连做七天会被劳工署告，他们每天工作十小时，过一个钟补双倍工资，再过一个钟补三倍，都有法律保障，但香港工作人员呢？我们已习惯日夜颠倒的拍摄方法，又没有那么多的福利，雇用香港人才划算，我们都是又便宜又好，随机应变，既灵活又迅速，但就是同人不同命！"

我安慰道："话虽然如此，但是你要知道港产片一向市场很小，比起美国，像一个制造假花的家庭工业。就算做到平、靓、正的地步，但我们求其交得了货，不求进步，你没看到古装片的英雄，头套上那道痕还是那么地明显吗？那两道胡子还是那么平贴地假吗？我们现在有了外国市场，更应该改进才对，配合他们的制度和做法，加上我们的应变，才是天衣无缝。单单指责，是没有用的。"

阿珊听了说有点道理。

荷西第二天亲自买菜，在餐车厨房里弄了半天，煮了西班牙著名的大锅饭，给外景队吃，饭上铺着螃蟹、虾、青口、带子、肉圆和各种蔬菜，相当地美味，大家尝完都去拍他的肩膀。

爱姐和我在一旁阴阴笑："要是我们来煮，三两下子，弄个十道八道菜来，不气死他才怪。"

咸鱼王

区伟明长得矮胖，在山顶开的那间餐厅里忙得团团乱转，不认识他的生人还以为他是 Captain，哪知这个老板，本人还是位医生和药剂师哩。

"好好的工作不做，怎会想去搞餐厅？"我不客气地问。

他长叹了一声，娓娓道来："医生也是人呀，人喜欢吃吃喝喝，我也是有一晚和一班朋友喝醉了，大骂那些高档海鲜餐厅，侍应一看到客人，即刻介绍吃老鼠斑、鲍鱼、鱼翅和燕窝，你不叫这几样，就给你脸色看，想起来悲愤到极点。刚好朋友之中有个大厨，说看不惯的话，不如你自己来开一家，我愈想愈兴奋，第二天酒醒，跑去把要租给人的店铺推了。"

"你也搞地产的吗？"

"家族生意。"他说，"对方本来已经讲好做清汤牛腩生意，是个潮州佬，听说我临时变卦，什么蒲母蒲母的粗口都骂了出来。"

"那是在湾仔的店是吗？"我说，"地方很小。"

"就是嘛。"区伟明摇头，"我又没有登广告，开了之后，客人不进来就不进来，虽然我订的价钱合理，又真材实料，也只好每晚上坐前等后眼光光地等客。这一亏，亏了一千多万。"

"唔，一千多万怎么亏法？"

"虽然铺是自己的，也要把租金打上呀，"他说，"加差饷、水电煤气、大师傅七八个、楼面洗碗等十个，人工和材料资金，一天要做三万块钱的生意才打和。我起初自信心强得很，以为一定做得到，哪知平均一天做不到一万，你想想，每天亏两万多，一个月亏六七十万，一年半下来，不是要亏上千万？"

"后来呢？"

"我的宗旨是保持水准，不偷工减料，自然有人认同，又加上你们这些老友在报纸杂志吹嘘，生意才好转。"

"现在呢？除了山顶这一家之外，一共开了几间？"

"五家。"区伟明自豪地，"而且间间做的菜都是一样！"

我有点不相信："怎能做到？"

"喝醉的那个晚上，我还有一个投诉就是一般餐厅的菜参差不齐，今天大师傅休息，助手做出来不一样就不一样，我如果自己开的话，厨师的材料和技术，一定要用现代管理。"

"什么叫现代管理，怎么管法？"

区伟明把我拉进厨房。

山顶这一家，是顶"Jimmy's Kitchen"下来做的，西式厨房宽大，一切用钢板，炉子上有个大型的钢制吸烟器，吸烟器的横梁上贴满每一种菜的照片，下面写着材料多少，蒸炒几分钟等等的指示。

　　"这里的师傅每一个都会做同样一个菜！"他说。

　　"但是火候也要靠经验呀！"我还是怀疑，"大师傅的资质每一个都不同。"

　　"所以要靠品质管理啰。"他说，"我每开一家餐厅，就在那里盯几个月，每晚试菜，不行退货，渐渐地大师傅也搞出一个准则来，我同时训练一个经理跟到贴，知道有把握了，我就去盯下一家。"

　　当晚叫了几个菜，先上桌的是蛋白炒龙虾，清新得很，不加味精只撒盐，味有点淡。当然也不能加生抽，否则失去白色的意境。我建议用鱼露，鱼露色淡，不会影响调子，又能吊起鲜味来，区伟明虚心地点头接受。

　　龙虾的头尾拿去焗粉丝煲，味佳，一虾两吃。

　　区伟明还是餐酒专家，他介绍的红酒又便宜又好喝："餐餐喝名牌贵酒，并不代表懂得喝酒。"

　　我赞同。

　　"我这里的酒不跟市面涨价。"他说，"照买入的价钱加二十个百分点，就够了，反正我入货时已有折扣打，利润不止两成。"

　　接下来的菜是适合秋天季节的羊腩煲，肉软熟得不得了，还有腐竹、马蹄和笋，依足古方炮制。

"加了什么香料？"我问。

"没有花椒、八角等，只用了柱侯医。"他解释，"是羊腩本身选得好，香港卖这种好材料的也只有一家，老板脾气怪得不得了，叫他送货还要给他骂。"

提到材料，不得不补充区伟明是个老食客，香港哪家人什么东西最好，他都自幼向那些老字号买过，很熟悉。

腊肠也是由名家进货，试了肉肠和膶肠，果然一点也不硬，又没有渣。

"你自己呢？最喜欢吃什么？"我问。

"咸鱼。"他回答快而直接，"人家叫我咸鱼王。"

听说我也爱吃，大喜，即刻叫厨房来个咸鱼虾酱蒸豆腐。咸鱼和虾酱都已经咸死人，两种东西怎能混在一起做菜？哈哈，说也奇怪，两样都不太咸，只觉鲜，又有豆腐中和，近于完美。

"那是特选的盐极白花。"区伟明说，"我回家吃宵夜时，能整条吃下。"

"你太太不阻止你？"我问。

区伟明笑得像个小孩子，"她要是能阻止我吃咸鱼，早就阻止我开餐厅了。"

牛九大王

认识冯秉荣兄，已有二十年以上了吧。

此君外表很像《僵尸福星》的男主角元华，高高瘦瘦，留着小髭，但是比元华英俊得多。

秉荣兄还喜欢戴帽子，帽带上插着七彩缤纷的小羽毛，在香港，戴帽子的人很少，远处看到一个，就是他了。

当年，在九龙城的旧菜市中的牛肉丸档，最出色的就是他的那一家。几番风雨，他从大排档挣扎出来，在旺角花园街，靠近金声戏院正正式式地开了叫"乐园"的店铺，已有十几年光景。

重阳节那天，无事，散步到他店里，十点多钟，秉荣兄在吃早餐兼中饭，桌前摆瓶啤酒，一看到我，便拉进去喝两杯。

原先的那家隔壁，也给他买了下来，已有两间铺位，我们坐进他的老店，聊起天来。

"我在深圳也开了一家。"他说。

"怎么跑到深圳去开？"

"说起来话长，"他喝了口酒，"都是因为那些牛太肥了。"

"和牛肥不肥有什么关系？"我笑。

"太肥，打出来的牛肉丸就不好吃。要打牛肉丸，牛肉不可以经过冷冻。我起初在深圳买牛肉，运来香港，在潮州找几个大师傅，用铁棒手工来打，本来做得好好的，后来供应来的肉都太肥，做出来的东西不好吃，吓得我直标冷汗，几个星期都睡不了觉。"他一口气说："请来的师傅又住不惯香港，天天嚷着要回去，唉。"

"后来问题怎么解决？"

"我只好自己去买牛呀。专选瘦的，又在深圳国家屠房旁边买了牛栏，专门养牛。要多少货，就杀多少牛。我把大师傅送回大陆，屠后新鲜的肉，即刻打牛肉丸，打完了专车送来香港卖啰。"

屠场旁边开工厂，亏他想得出。

"你大陆那家店还卖牛鞭呢。"在旁边桌子的一位仁兄听了插嘴道。

"喂，什么时候弄碗牛鞭试试。"我说。

秉荣兄说："香港人不太敢吃，所以没卖，大陆人对壮阳的东西很迷信，几十块一碗照吃，消费力比香港人强，就废物利用嘛。"

"你的牛肉丸和别人的不同，到底有什么秘诀？快点说来听听。"老朋友了，不用客气。

"一点也不奇怪，"他说，"我全部用牛肉，绝对不加粉罢了。加粉成本可以便宜，但是不好吃，便宜有什么用？好吃，才有资格卖贵一点。"

"吃点东西吧！"他说。

秉荣兄替我把他店中的制品每样一碗地都叫出来给我吃。主角当然是牛肉丸，配角有鱼蛋、鱼片、鱼札、鱼皮、鱼面、墨鱼丸、猪肉丸、札肉等等。

汤呈乳白色，一喝，鲜甜得很。撒上炸蒜茸、葱花和冬菜，更加惹味。

"一点味精都不加？"我问。

"加了客人吃得口渴，怎会回来？"他反问。

"用什么熬的？"

"生骨呀。"他说，"要整整熬个十小时，牛骨熬得不够火，就腥，有一股臭味。每天晚上七点熬起，到第二天清晨五点，熄火，十一点钟开店前再加热。天天如此，已有几十年，我后面那个锅，有桌子那么大。"

"还要加什么东西？"我知道越南河粉的汤，是牛骨加鸡骨的，单单牛骨，不够复杂。

"没有呀！"

他不说，我要慢慢地套出来。

"你的墨鱼丸，做得比别人弹牙。"我说。

"这也是不加水的道理。"他回答，"新鲜墨鱼，加蛋白打。现在香港墨鱼已经愈来愈少，要从越南输入。"

"你们这条街上好几家'乐园'。"我转个话题。

"他们用'乐园'什么记什么记的去登记，政府也许可了，也不必去反对，做得有水准，大家来吃。真'乐园'假'乐园'，客人知道。"

"讲回鱼蛋，"我说："不加点味精不行吧？"

"加。"秉荣兄承认，"但是在煮熟的时候，清水已经把味精冲掉，不加的话味道太淡。"

"打那么多鱼蛋，剩下的鱼骨呢？扔掉？"我已经把他带入陷阱。

"鱼骨多鲜，扔掉岂不可惜？把它放入牛骨汤中煲呀，十小时下来，都化掉了，一点也看不见有鱼骨。"他说完之后才发现刚才对熬汤的秘诀有所保留，笑了一笑，接着说，"其实只要真材实料，不兑水，有多少碗就卖多少碗，少赚一点又怎样？"

我笑笑口："道理很简单，但是有些人不懂就不懂，没话说。"

秉荣兄坚持不肯让我付账，我替他算算，店自己买的，深圳工厂也是，加起来好几千万身家，比我有钱，就让他请一次客吧。

龟太太

每天，由清晨五点半到七点半，大坑道口与界限街交界处，开了一个金鱼市场，是我睡不着时爱逛的地方。

有五六十摊左右，各家人卖的都差不多是同样的东西，金鱼、锦鲤、热带鱼等供玩赏的宠物，或大或小，有的是一货车一货车载来，小透明胶袋中装了鱼，打氧气进去，用橡胶圈绑好，水便不会透出来。再把小袋放入一个装垃圾的大黑袋中，搬到街边来卖。

天寒，太阳起身得慢，客人都自备电筒来到鱼档，照着袋中的鱼，与小贩们讲价。

来这里的，大多数是在其他地方开了金鱼档或宠物店，当这里是批发商场，大量地买回去零售，每袋鱼如果能减个三几块，长计起来，颇可观。

众多的摊子中，有些是小本经营的，独沽一味卖与养鱼有关的货品。一名少女,以报纸包着金鱼饲料的红虫,摆地摊卖了起来。虫是她自己养的,本钱不大,但也是一位独立商人,自得其乐的,她说:"别小看这些细小的东西,可以养家。而且日子过得比在酒楼当女侍应自由。"

其他小档中有专卖鱼缸和氧气机的,有专售水中植物的,还有咖啡茶摊,做火腿面包供小贩充饥。

没有到过这个金鱼市场的人说:"金鱼罢了,有什么了不起?值得那么早去看吗?"

绝对值得,一尾龙吐珠贵起来可卖到成千上万,数十只一袋的小鱼,贱价卖五六块钱,给人买去当大鱼的食物。其中看到生仔鱼,雄者全身光彩,母的黑色,不断怀孕,肚子总是大大的。从前老家外面有条河,此种鱼麇集,我们每天去抓来当玩具,勾起不少童年回忆。

还有一种叫清道夫的丑陋鱼种,看见什么东西都吞进去,买几尾放入金鱼缸中,水不换,也永远清晰。

稀奇古怪者,不止数百种,最难得的是有一摊人家,专卖小乌龟。

七八个塑胶笼中,装满宠物的不同品种。小小生命,不断蠕动。

卖乌龟的是位老太太,也许年龄看起来比本人大一点,有六十岁了罢。

她的态度非常友善,也不大出声,摆了一副要买就买,不买少废话的面孔。

笼外的牌子写着：美国东部油彩龟，五十块；日本珍珠龟，二十五块。各种龟类，都只有一块钱铜板那么大。

美国的鳄龟，全身长着像刺帽般的长鳞。想起一部叫《加米拉》的 B 级特技电影，作为主角的那只怪物，就是放大了的鳄龟。

我要知道多一点关于小乌龟的资料，但怎么融化隔着老太太和我之间的这块冰呢？

忽然，我蹲了下来，面对着她，咧开大嘴，向她笑。老太婆愕然，但敌对的态度已经消失。

指着鳄龟，我问："会咬人吗？"

"小的时候不咬，养大了咬。"她回答。

"我还以为这种小龟是种小，养不大的。"我说。

"哼！"她一听就知道我是外行："有的养得几年，大过手掌。"

"怎么要五六十块一只，那么贵？"

"从美国进口的呀！"她说，"搭飞机来的，你说要多少本钱？你要便宜的，买巴西龟好了，巴西龟一只才三块钱。"

这种常见的绿色花纹的小龟，我从前也玩过，但后来听说它带的细菌最多，就不敢去碰了。

老太太好像由我的神情看得出："淡水龟长在沼泽的泥泞中，不生细菌才怪。"

"有没有人养大了，劏来吃的？"我问。

老太太由身边的布袋中取出两只半个柚子般大的龟："这是梧州金钱龟，最补身的了，一斤三千块。"

"哗！"我惊叹的是她的袋子很大，其中至少有几十只金钱龟，带着数万块钱的货在身上，身家不薄。

哈哈哈，老太太笑了："袋子里面的都是大陆草龟，最便宜的了。不能吃的，人家买去放生用，金钱龟最稀罕，哪有那么多只拿来卖？"

除了龟，老太太还卖水鱼，名叫"红眼金边水鱼"。果然每一只水鱼的眼睛都是红的。

"别认为它们只是宠物。"老太太说，"有个在这里摆摊的小贩，灵机一动，买小水鱼去养大了卖给餐厅。现在发达了，在新界买了几个水塘，专门卖水鱼。"

真是行行出状元，香港人脑筋动得之快，生命力之强，是其他地方找不到的。

"你呢？"我好奇，"你为什么不养水鱼？"

老太太骄傲地微笑，"我只要不必儿子媳妇拿饲料喂我，已经满足。"

听得又感动又佩服。

未到八点，交通已繁忙，市政局人员要来赶走这群无牌小贩。几分钟间，作一鸟散。

空地上，我还看见龟太太的影子。

和尚与狂僧

　　黎智英打了一个电话来，说："今晚约了邱永汉先生，大家聊聊如何？"

　　准时抵达，见邱先生夫妇比我早了一步。互相交换名片，为的是让邱先生知道我公司电话，他老人家的著作我买了数册，连他女儿写的小说也曾读过，已不用介绍。

　　邱先生以粤语交谈，原来他太太是广东人，所以会讲。但带的口音，我相当熟悉，用闽南语问道："邱先生是台南人？"

　　"你怎听得出？"邱先生大乐，我正要解释，门铃响，是画家丁雄泉先生来了。

　　黎太开香槟，丁先生鲸饮，他要我也来一杯，我嫌气多，改喝威士忌。

　　"除了拍电影，还搞些什么？"邱太太问，她是一位端庄的女士，非常贤淑。

"想搞一间教人煮菜的学校。"我回答。

"好呀，是时候了，香港作为美食天堂，应该有那么一家学校。"邱太太赞同。

"怕不怕九七之后没人来？"我问邱先生，他是经济学家，一定有独特的见解。

"游客不来，高干子弟来。"邱先生笑道："不会有影响的。"

丁雄泉先生对这种话题显然地不感兴趣，连干数杯香槟，饮前的送酒菜，是油泡糯米鸡。

这一道菜是丁雄泉先生在纽约一家常去的中国菜馆的拿手好戏，黎智英吃过赞不绝口。前一阵子在"福临门"吃饭时，他向经理说："你请厨房做做看，失败不要紧，我付钱，你们试，试到好为止。以后在餐牌上也可以加道新菜呀！"

餐厅经理当然乐于从命。

油泡糯米鸡的做法是这样的：先把一只肥鸡洗净，拆去骨头。拆骨要有技巧，这家餐厅的厨房做得到。

然后用传统技术生炒糯米，配料有火腿、腊肠和炸好的花生。炒至八成熟，将糯米塞进鸡肚之中。最后用炸子鸡的方法，将整只鸡油泡，肚中的饭也跟着全熟。

大家品尝此道菜。我对炸的东西没有好感。"福临门"的荷叶炒饭做得比鱼翅更佳，建议把糯米生炒至六成熟，塞入鸡中炸至八成，再用荷叶包而蒸之，也许更高一个层次。

"好。"黎智英说,"我刚请了一位师傅,从前在法国驻非洲大使馆中做菜的,明年就可以申请到来香港,之前我和丁先生一齐去非洲画画时和他会合,大师傅可以帮我们试试这个菜,相信他一定做得好。"

"你也来。"丁雄泉先生向我说。

俗事缠身,到时不知道走得开走不开?不敢答应。

"把一大块画布挂在原野上,看到那群成千上万的动物在找水源,那种气魄,怎么画不出好画?"丁先生愈讲愈兴奋,六十几岁之人,像一个孩子:"还有那些黑得发出蓝色的非洲人,也是很好的题材呀。"

说得我有点心动了。

丁先生做最后的引诱:"你要来,我就送一张给你。"

我完全投降,又有糯米鸡,又有丁先生亲笔画,不去怎行?

邱先生静静地听着,也有兴趣,他的年纪和丁先生相若,但个子比较小,头已秃,微笑的时候,似一高僧。

拿出几本书来送给主人,邱先生一生孜孜不倦地写作,现在已有数百种出版。

"我写文章有两个原则。"邱先生说,"一是绝对不重复我的观点;二是保持可读性高。这本书我写后没时间校对,一下子印了出来。出版社的人告诉我,我讲的同个理论,出现了三次。"

大家听完都笑了。邱先生作为著名的学者,懂得自嘲,更是难得。而且奇在他写作之前,已经全部在脑中构思好了,将一张稿子填满，从没错字，也不作修改，计算得比小数点还要准确；电脑编排，也不及它精密。

"当年纸张缺乏嘛。"他说。

愈谈愈高兴，老酒又喝了几杯，丁先生和我都有点醉意。

回到开烹调学校的话题，邱太太问我："什么时候开始举办呢？"

"八字还没有一撇。"我说，"现在正在写企划书。"

丁雄泉大叫："办什么烧菜学校，太正经了。那多没趣！不适合你的个性。人生苦短，要赚钱也得一面欢乐，一面做事呀！"

我完全明白丁先生的道理，就说："好，那么到澳洲去开妓院吧！那边是合法的。"

"对，就开妓院！"丁先生大乐，"而且开个连锁店，每一家的客厅我都为你画些画摆设！"

"什么？什么？"邱太太听了愕然，怎么话题从开学校转到开妓院去了呢？

在一旁的黎智英太太忍着不笑，忍得辛苦。

"说说玩罢了。"我向邱太太说，她才释然开怀。

欢乐之余，告辞返家，乘的士途中，想起邱先生和丁先生，像一位和尚和一位狂僧。两个都不似今人。各有各的路走，道不同，但又有吻合之处。人生，对于他们，都已无憾。

橄榄油

在悉尼的街头漫步，忽然，有个女人叫我的名字。

转头，即刻认得是橄榄油。

当年，我孤家寡人，朋友把橄榄油介绍给我拍拖，想不到分开了那么久，能在此重逢。

橄榄油其实长得相当好看，只是手长脚长，又梳了个髻，走起路来，形态像大力水手的女朋友橄榄油，我和她熟了之后，便这么开玩笑地叫她，她一听到，一定握拳来捶我的胸。

"橄榄油！"我本能反应地叫了出来。

她本能反应地握拳捶我胸。数十年，一跳，跳过了，好像从前一模一样。她咔咔咔的笑声，一点也不变。

一般的女人，近五十岁，已经老得不成样，看得吓人一跳，但好女人不会老，橄榄油是好女人。

仔细看她，保养得很好。一身衣服不是名牌，但色调很称，腰并不粗，还是手长脚长那个样子。

我们拥抱。

她拉我到维多利亚皇后大厦二楼，一家别致的咖啡厅坐下，两人开始聊天。

"我的儿子刚结了婚。"她宣布。

晴天霹雳，回到现实。

"做祖母的感觉是怎么样的？"为了掩饰我感到的冲击，只有即刻开玩笑。

咔咔咔，她又大笑："呸呸呸，还没有生出来呢，你要骂我老就直接说出来好了。"

那一天，她问我说嫁给我好不好？我回答已经娶了工作，她转头就和一个商人结了婚，移民到澳洲来。

我嬉皮笑脸地："老不老，要摸过才知道。"

"你够胆就当众来。"橄榄油说完挺了胸膛。

我马上做伸出魔掌状，她咔咔咔地缩了回去。

"谈正经的，人家都说婆媳之间很难相处，你们的关系搞得好不好？"

"不好。"她回答。

原来这个女人也和其他女人一样。

"别误会。"她好像看得出我在想些什么，"人没有那么容易变，我还是以前那个个性，对人没有挑剔的要求，不然怎么会看上你？"

"说得也是，说得也是。"我又笑了，"还是来一下之后才聊天吧。"

"让我考虑一分钟。"她说。

这句话是她的口头禅，我记起来，通常说过之后，就做思考状，然后即刻答应。

但人家平淡的生活，又去搞什么波澜呢？开开玩笑不算数。

"你媳妇是怎么样的一个人？"

"娇小玲珑。"她说，"留了一头乌溜溜、直不隆通的长发，漂亮到极点，我虽然是女人，也爱看美丽的女人的。"

"你讨厌她是因为她长得比你好看？"我又不正经地搭讪。

她娓娓道来："我儿子第一次带她到家里来吃饭，她静静地坐在一边，我对她的印象好得不得了，一直嘀咕说我儿子配不上她。

"后来，见面多了。我走进厨房时看到她在偷偷地抽烟，我说不要紧的，我不反对，你尽管在客厅抽好了。为了使她更好过，我甚至开玩笑地说我从前的男朋友，大多数是抽烟的。她听了一点反应也没有，还是把烟熄了，走回客厅。

"隔几天，我儿子忽然来问我：妈，你年轻的时候是不是很滥交的？我的天！话怎么是那么传的呢？是谁告诉你的？我问。儿子说是你亲口告诉珍妮的，我听了什么话也说不出来。

"吃饭的时候，她宣布：我不爱吃菠菜。好呀，我想你不爱吃就别吃，我爱吃，我吃好了。大力水手也喜欢吃呀。过几天儿子又来向我说：妈，珍妮不喜欢吃菠菜，下次她来吃饭，别炒菠菜好不好。

"哎呀，我一听可火了。到下次她来吃饭，我炒了一碟菜心、一碟芥兰、一碟芽菜给她。自己放一碟菠菜自己吃。珍妮的脸愈拉愈长，眉毛锁住，伤心地走进厨房偷哭。我儿子看得心痛，跑过来说：妈，你何必处处和她作对？

"我怪自己做得过分，走过去牵着珍妮的手，向她道歉，答应说不想见菠菜就下次不会再做菠菜了，哪知道这个婊子狠狠地瞪了我一眼，把我的手摔掉。"

橄榄油一生气，粗口便飞出，从前也是一样的，我很同情她，又不知道怎么安慰她。

"志不同道不合，少见就是。"她说，"就可惜和儿子疏远了。"

我知道我非帮她忙把这个结打开不可，但要伤她的心，也没办法，我说："你和你家婆，是不是也很少见面的？"

橄榄油怔了一怔，又咔咔咔地大笑："你还是一样，什么事都有一个答案。"

说完大家又拥抱，分开时忘记留地址，不知什么时候再见到橄榄油。

苏美璐

父亲去世之前，我们通信最密，一个星期总有一两封家书。老人家有个好习惯，见字即复，我亦学习。

另外是好友曾希邦，也不断书信来往，尤其是我拜冯康侯先生为师时，每上一课，必将心得以毛笔记录，一面练字，一面讨论书法和篆刻。希邦兄天生急性子，等不及邮差送信，近年来已改为传真对谈。

下来便是为我作插图的苏美璐了，自从她和爱尔兰籍的先生搬回英国去住，我们的沟通也全靠传真。大部分时间，我的稿交得慢，周刊排好了字再传真过去，她已来不及作画，后来她要求我每次写完即刻传真给她，我怕字迹潦草，她说不要紧，只好硬着头皮照办，她画好速递寄回。传稿之余，总另页写些近况，书信来往密度增加，亦是乐事。

我的英文姓氏，以新加坡的乡下拼音，写成 Chua，洋人念不惯，苏美璐的先生干脆把我叫为 BoBo，取自暴暴茶。

苏美璐在伦敦举行的画展中，我的新书封面绘画占了一角，作品画总要个标题，她先生为我乱安了 BoBo 做这个、BoBo 做那个的，来看画的出版商问苏美璐说："这个 BoBo 是什么怪物？"

她向出版商简单地把我介绍，还说有些有可能以英文出书哩。但是这当然是八字还没有一撇的事。

谈到出书，日本版的翻译倒是落实了，已经面市。我一直向日本人打笑说："借用你们篡改教科书的老话，这是进出呀，进出呀！"

还有台湾的远流出版社将我的书重新编辑，一口气出了十本，称为某某人作品集，算是客气。要是命名某某全集，那就是在咒我种番薯去也。

封面仍旧采用苏美璐的画，为了此事我到过台湾，与"远流"商讨内容的选择和发行的问题。飞回香港前在中正机场等候，见有数家书店，逛了一逛。

店铺不大，所有的书都像图书馆一样，直竖于架子上，想起台湾的其他书店，也很少有将书放于平台的习惯。

书背脊上，写着书名、作者名和出版社名，全部资料要挤进这条半寸乘半尺的空间，结果三者都看不清楚。

如果我的书要和它们排在一起，有谁知道？况且，我在台湾还是新人一个。

"当"的一声，头上闪亮了一盏灯。

什么都玩了。为什么不玩书背？

既然有十本。怎能不在书背上下工夫？

书背是整本书中，最受忽略的地方，与它的重要性根本不成正比。目前外国的绘画书和旅游书，在书背上偶尔见到些图片，那是因为书本身很厚，才有空间去玩。一般中文出版小说或论著的书背设计，皆无创意。只要略有不同，便能突出。

即刻传真给苏美璐，请她在书背上作画，要求每一幅看起来能够独立，但是集合在一块儿，又变成另一张横画的构图。

苏美璐马上会意。完成的作品是在艳红的夕阳之下，一只只的红鹤，有些金鸡独立，有些展翼欲起。背景远处，更有无数往东飞翔的鹤群，形态安详优美，深合我意，不禁大喜。

出版之后，我的书，摆进书架时，一看便认得出。要是卖得好，陆续再出，数十本并在一起，将成为清明上河图一般的画意，伸张连绵。

近视眼的读者，由老远，也看得清楚吧。

要在众多的台湾作者之中，争它一席，唯有做此下策，招徕看官，也不怕给人笑话！说什么都好，总之有得玩就是，书是自己的，可以胡作非为，一乐也。

玩过书背，余兴未尽，再在商品上动脑筋，赚日本人的钱。

大阪将有一个食品博览会，以香港馆为主，已邀请"镛记"、"陈东记"和"糖朝"参加，由我带队出发，大会供应了我一个大摊位，届时可以把香港的东西拿去卖，估计有三百万人前来。

产品太多，眼花缭乱，必须归纳于一系列。日本人极爱《生死恋》（*Love Is a Many-Splendored Thing*）这部电影，他处译为《爱情至上》，日本名为《慕情》，在戏院映了又映，电视上也播过无数次。

一提起《慕情》，日本人必与香港牵连在一起。记得在东京影展之中，凡是得奖的片子，皆奏该国的国歌，一到由港产片获取，日本乐队不懂得奏《天祐女皇》，就弹起《生死恋》来。

有版权问题，不能用主演威廉·霍尔登和珍妮弗·琼斯的海报或剧照，我请苏美璐作画，她寄下来的是一对男女拥抱着，在山顶遥望四十二年前的维多利亚海峡，充满诗情画意，如一股新鲜空气，以此为商品设计，又往日本进出去也。

友人利雅博在伦敦购一新居，要求苏美璐为他作画，挂于墙上，我把她的联络处给了他。他们两人见面，返港后，我问利雅博对苏美璐本人的印象如何？利兄回答："正如你形容，是个不食人间烟火的女子。"

九龙城人物志

要是你问我，在香港最爱去逛的是什么地方？

我的答案一定是九龙城。

和九龙城结下不了缘。由我在二十多年前邵氏工作时开始，当时要拍一些传奇性的片子，便到九龙城去找城寨中的资料，顺便周围走，看见一位慈祥的老头在卖茶，和他聊了起来，很投机。他便是在侯王道的"茗香茶庄"的老板，有两个儿子，老三和老四帮他手。现在老头去世，他的儿子变成我的商业伙伴，和他们合作制造"暴暴茶"；我又另开一工厂卖"暴暴饭焦"，叫老四的儿子当厂长，他不过二十四岁，干得有声有色，和"茗香"这么一结缘，就结了三代。每年老头忌辰，我皆去上香拜祭。

由"茗香"走过几步，便是九龙城鼎鼎大名的"方荣记"，可说是打边炉火锅的开山始祖之一。老板叫八哥，一头白发白得发出黄金色，大家都称呼他为"金毛狮王"。金毛狮王本领可大，烧红着的锅子，他用手指一抓，整个锅就那么给他拿进厨房去。他喜欢抽烟，常表演赤手抓燃烧着的火炭来点着烟头。

八哥的那家打边炉，生意奇佳。他出手也阔。有一年过年，他包一个红包给我，说答谢我这长年的拥趸。我以为意思意思，顺手收了。回家打开一看，乖乖，是三千大洋，我要退还他，他不肯收，吓得我少去光顾。

"方荣记"隔两家是"源记"，做的牛腩捞面一流。老板爱喝啤酒，我去吃面，他非请我喝啤酒不可，一早去，和他白昼宣"饮"一番，亦是乐事。

转角到贾炳达道的"富琼饭店"，老板娘看到我即刻到厨房去通知古先生，为我煮一大碗鲩鱼片芫荽汤，下大量的姜和芫荽，是宿醉的最佳解药。他家的酱油也特别香甜，百吃不厌。我到时到节，送上两瓶白兰地或一些暴暴茶叶，两夫妇欢慰地收下。

到"富琼"之前，有时去衙前塱道的鱼饭档买乌鱼扣下酒。老板庄先生夫妇每天辛勤地一早起来蒸鱼，新鲜到极点。我即使当天不吃鱼，也要去向庄太太打声招呼。他们的蒸鱼工厂中养了一只大花猫，从来不偷鱼吃。

鱼饭档的隔壁便是历史悠久的"潮发"杂货店。潮州人爱吃的蚶子或薄壳，以及小螃蜞腌蟹，皆应有尽有，店里由第二代人打理，我们都很相熟。

走进街市，和每一档买卖都互相说早安打招呼。到二楼的烧烤店，向老板郭文龙买叉烧或烧肉，打包了便跑到三楼的熟食档去，就地开餐。郭文龙先生最近小病，在家休息。他的太太是位美人，眼睛大大的。现在儿女都长大，到外国留学。

另一位长得很清秀的是卖鸡鸭档的老板娘，有一股说不出的气质，和郭文龙太太一样。我也是一看看他们数十年，大家都不觉得老。

三楼的熟食档中，最亲切招呼的是"乐园咖啡"陈先生一家。一看到我，便冲一杯西茶，飞沙走石，不加奶不加糖，浓得像咖啡一般黑。我的胃，要靠这杯茶来清除油渍。他们亲亲戚戚一家人经营这一档咖啡，生意兴隆。有一年三楼的熟食档发生煤气炉大爆炸，好在没有伤人，等到他们重新装修新开张时，送了一个花篮给"乐园"。好家伙，我下次去时，陈先生的妈妈包了一包红包给我，比花篮钱还要贵数倍，我受之有愧，不敢再乱送东西。还有陈家的媳妇个个都长得很好看。

写这篇文章时，只是记得就写，尚有许多突出又可爱的人物，不能一一记录。

走回"茗香"喝武夷大红袍时，和老四谈起，有个洋人和尚，高高大大的，常来各菜摊买菜。老四的亲戚萱兄说此和尚脾气不好。有一回，一个外国人来买茶叶，言语不通，想请这位洋和尚做做翻译，结果给他大骂一顿，说他没有那么多工夫。

另外一个不知道做什么买卖的，每早骑着脚踏车在九龙城出没，奇就奇在他的单车后面载着一只土狗，尽管他怎么转弯，那只狗总能保持平衡，绝对不会跌下来。土狗很可爱，常睁大眼睛四处看，惹得大人小朋友都想去摸它。

印象更为深刻的是几位老太太，像"方荣记"八哥的丈母娘，今年应该九十多了吧，还是每早来开店，又时常帮助他收银，健康得像长生不老。

卖毛巾的老太太自力更生，从不靠儿孙。有些人看她觉得可怜，付了钱，毛巾不要了。老太太追这个客人追了三条街，一定要把毛巾交在客人手上，死不罢休。

还有一位是卖走私香烟的，我最反对政府抽重税，在外国回来买的抽完了，也不肯去商店买贵烟，只光顾老太太的。一面买一面愿上苍保佑她不给警察抓去。

在老四的茶庄谈这些人物，旁观者围上，趁热闹地来听故事，人愈挤愈多。在我身后有一个人说："还有那个高大的家伙，每天背着黄色和尚袋的那个呢？不知是不是一个疯子？"

说完看到我，伸伸舌头，把头缩成乌龟状，怕我打他，逃之夭夭。

颜善人

九龙城的妙人之一，是位姓颜的老者，常挑了一担子的衣服，人家背后叫他颜憨人。

为什么那么叫他？真的傻吗？

不是。

他挑的是送给大陆亲人的礼物。一担担的旧衣，起初还很受人欢迎，生活一改善，便叫他憨人，真阴功。

过深圳关口时，海关人员盘问："阿伯，拿那么多东西去卖？"

知道他是送人的，也摇头说憨。问他多少岁。

憨人回答："九十二了，比邓小平同志小一岁。"

两人的健康根本不能比，憨人挑那么重东西，还健步如飞，顽强得像一块石头。

憨人年轻时跟师傅学做家俬，数十年来受尽不少苦头，但他永远地笑嘻嘻，没听他抱怨过。

好人有好报，他把毕生储蓄与朋友合伙买了层楼，经几十年，一直要等到最后，憨人到了七十岁，才赚到钱。

有钱了善事做得更多，回故乡捐善堂等也干，但主要乐趣，还是挑担子送衣服，一担几十斤重。

儿女见父亲有钱，向他说："老爸，分一点吧。"

憨人身体健康，但忽然变得耳朵有点毛病。

渐渐疏远，到最后，生日不出现，过节也不带一家大小来了。

"儿女们呢？"新年的时候，友人问。

"很好呀。"憨人撒谎："都移民到外国去了，孙子也在那边上大学。"

反过来，他走到茶庄，向陈展兄拜年。

陈展即刻站了上来："这怎么敢当？"

"交友之道，不分老幼。"憨人说。

真是一点也不憨。

当初，他向合伙买楼的伙伴之一说："先拿四十万寄去老家修桥。"

结果那人什么也没做，到处无知地投资，失败后破产，这是真人真事。

什么人也没想到，那层楼地点不佳，永不涨价的工厂。有个地产商出现，要拆来改建大厦，结果憨人分了四五百万，但他至少拿出一半来做善事。应该叫他善人才对。

颜善人也对政治颇热心的。到了双十节，他赶紧去普庆戏院对面的酒楼和国民党人士庆祝。到了十月一日，他又去宋皇台的餐厅喝共产党的酒。

蒋介石逝世，颜善人飞过台湾拜祭。毛泽东死了，他有事不能赶到，但后来常去纪念堂瞻仰遗容。

"你怎么没有立场？"认识他的人问。

"两个人对中国并不好。"善人回答："但是谁能说他们没功劳呢？"

对。心无怨恨，是长寿的秘诀。

虽然没踏入学校一步，善人也能读书看报，他的学问全是自修回来，做木工的时候，一有空就看"歌册"。

歌册是把潮州戏的歌词记录下来的小本子，许多没受教育的乡下女子都是由歌册中学到文字。善人见过，依样画葫芦。

人家嘲笑他学女人，他笑着："学女人，有什么不好？"

不过，对着初见面的人，他不大作声，我第一次和他一块儿喝功夫茶，也没见过他讲一句话。见面多了，他谦虚地："书读不多，一开口就得罪人。"

和南洋的过番客一样，颜善人在故乡有个大老婆，到了香港，娶了一个广府人。她可真聪明，学了一口潮州话，谈起天来是柔顺的府城音，不像潮阳人的声调那么刺耳。

"路途不是那么遥远，大婆怎么能不顾？"我偷偷地问陈展兄。

他叹了口气："当年要回大陆，也不是那么容易的一回事儿。"不过他还是一直寄钱过去，后来还常回去看她，和香港的这个，相处得很好。

见善人这几年来开始有点忧郁，问他为什么？

"你记得送过我一些名牌的旧领带吗？"他问。

我点头。

"我拿去送亲戚，你知道他们说什么？"

我摇头。

"他们说，在大酒店的名店街中也有得卖，新的一条也不过五六百块人民币。"

"别送他们。"我说："上北方，见有需要的才送，愈北愈好。"

善人好像看到星星太阳月亮，开朗地笑了。

这次又去大陆，陈展兄也要去买茶叶，两人做伴。天还没亮，清晨四点，善人已挑了一大担子敲门要他上路。陈展兄见善人年纪那么大，要帮助抬东西，但善人不肯。他们去深圳过关之后分道扬镳，陈展兄去潮州，颜善人到宁夏的黄土地。

阿婆

　　基本上，我是歧视女人的。

　　我讨厌没有教养的女人，连一个"请"字都不肯用的女人。我更憎恶整天造谣，无所事事的女人，就像我歧视和她们同种类的男人一样。

　　自力更生的女人我怎会歧视？

　　像"北京水饺"的臧姑娘，她只手来香港立足，把一种最基本的食物搞得有声有色，最近她还在新界建一个大工厂，将北京水饺返销到北京去。

　　像方太，和先生离了婚后，靠烹调技术，把几个孩子都养大，她做的电视节目，有谁没看过呢？

　　像"糖朝"的老板洪翠娟，年纪轻轻地出来创业，亲自下厨磨豆沙，把在街头卖的糖水高级化，现在她的店铺，已闻名于日本。

我当然也佩服张敏仪，她将一个政府的电台搞得不像官方喉舌，是多么艰难的一桩工作。

同样的传媒，有俞铮主掌的商业电台，老板何佐治先生大可安枕无忧。虽然，俞铮的举止，并不像一个女人。

亦舒更用一支笔，便能创造出玫瑰、家明等脍炙人口的角色，她的小说风魔了能看得懂中国文字的少女，更为自己的家庭带来很大的财富。

不一定有知名度，也不一定在事业上有成就的是美术指导马光荣的太太余洁珍，她把一个家庭安顿，孝敬外公外婆，亲自为儿女做衣服，晚上有点私人时间，跟我的师兄褟绍灿学习自己喜爱的书法。

为我作插图的苏美璐更是我钟爱的，她的艺术一直保持一份童真，是很难得的存在。现在她住在伦敦，作画之余，还在修道院照顾年老的修女，当为副业，这个工作对她来说并不辛苦，因为在宗教气氛下，她能领悟到许多人生的道理。

我的新居附近有许多家卖报纸的，我总走到一位老妇的摊子光顾，她的背已驼，每天一早出来做生意，计算之精明，胜过在麦当劳收银的小子。

这些女人的生活背景无一个相同，但是在她们的嘴中永远挤不出一句话，那就是："我们要求男女平等。"

写过一篇叫《颜善人》的东西，有线电视的人打电话给我，要我介绍这位九龙城的传奇人物，说想拍一辑纪录片。

颜善人的故事可以拍摄的材料很多，但还比不上另一个九龙城的小贩。

我从来不知道她叫什么名字，只是她带了大藤篮，在街道边摆卖。

看内容，是成条薄薄的白色面巾，写着"祝君平安"四个红字。

这种价钱最低廉的制品，流行至今，也有它的道理。摩擦在脸上的感觉是原始的、基本的、舒服的。不像高级质素的面巾，水分永远挤不干，就算全部以毛线织成，还以为含有大量的人工尼龙。

小贩今年应该有八十几岁了吧，一头白发，面上有数不清的皱纹。太阳下山了，回去休息休息。

"阿婆，那么辛苦出来卖东西，能赚几个钱？"我经过她的摊子时，听到街坊的妇人好心相劝。

"够三餐，够三餐。"老妇笑着，"不，其实应该说够一两餐，年纪大了，吃的东西不多。"

"那领取政府救济金好了。"街坊说。

阿婆回答："我还能动，留给那些更需要的人去拿，我要来干什么？"

还能动？我看过她的背影，八着脚一步一步往前挪，哪说得上还能动三个字？

忽然，她像一支箭似的飞奔。

原来有个年轻人经过，看她可怜，扔下一个十块钱的铜板。

阿婆追了上来。那人转头一看，惊骇大叫一声，拔脚逃跑。

阿婆继续穷追，我也跟上去看热闹。

沿着贾炳达道，阿婆勇往直前，经启德道、打鼓岭道、城南道、龙岗道、南角道、衙前塱道、侯王道、狮子石道、福佬村道一共九条街。

终于在联合道，给老妇逮着。

年轻人气喘如牛，脸色苍白："你……你……想……想干……什么？"

"毛巾，拿去。"阿婆由藤篮中拿出了几条"祝君早安"，塞在那人手里。

年轻人接着，整个人瘫痪。

"谢谢。"老妇说完，笑了一笑。

两个太阳同时出现，几十个月亮、无数的星星在跳舞，天下的花朵一齐开放。蝴蝶、鸳鸯飞近，百兽跪下，天使拿着竖琴伴奏！

我从来没有看过那么美丽的女人。

歧视？尊敬还来不及呢。

蟹痴

蒙妮坦想吃大闸蟹想得快发疯了。

这时，她正躺在美国亚特兰大州的医院里，医生刚将她的旧心脏仪取了出来，换上一个新的，缝进她的体内。

连续养了两天病，蒙妮坦忽然宣布："我要到香港去吃大闸蟹！"

医生用一百个理由劝说伤口还没有恢复，不能旅行，但她一意孤行，最后医生叹了一口气，拿出一张我们叫为"生死状"的纸，写明发生意外不能告医院，向蒙妮坦说："签。"

经十多小时飞行，联合航空中途停东京，她在转机时打国际电话到香港，找铜锣湾一家最好的蟹店的老板，订了一箩螃蟹。

再多乘四个小时的飞机，抵达启德机场，出米时有医生证明，由航空公司职员用轮椅把她推到的士站。

拿了蟹，蒙妮坦到她友人家，游说菲律宾佣人让她进去，即刻昏昏大睡。

友人回家，大吃一惊，正想发出一连串的问题时，蒙妮坦已经起身，叫道："蒸蟹啰，蒸蟹啰！"

吃、吃、吃，一天三餐，一连数日，吃个不停，缺货即刻补，蒙妮坦切姜蒸蟹技术是一流的。

"不是我不让你多吃，大闸蟹很毒的。"朋友苦口婆心，"在香港发炎起来我可担当不起。"

蒙妮坦像受家长训话，照听，但不照做，继续埋头苦干，吃她的螃蟹。

时间很快地过去，蒙妮坦答应她的家人一个星期内回美国。她有很多缺点，但是守诺言不是其中之一，前后要飞两天，吃了五日。

奇怪得很，伤口并没有恶化。

归程和来时不同，这一趟是直飞旧金山市，停两小时，再转机到亚特兰大州。

明天一早出发，当晚她把剩下的最大最肥的五只螃蟹蒸了，装进手提行李。

"五只怎么够？"朋友问。

"螃蟹嘛，到了旧金山市，去渔人码头，要多少有多少，忍一忍吧！"

年轻的华人空姐说此蟹不同彼蟹，洋空姐不置可否，走开。

蒙妮坦已被弄得无心吃蟹，守着剩下的三只，一路上没有合起眼睛。

抵旧金山市，是第一个入港口，所有行李必得报关，蒙妮坦老实地食物栏上填着螃蟹三只。

"鱼虾蟹是动物，怎么可以带进口？"税关咆哮。

"已经煮熟了的东西，怎算是动物？"她反问。

"当成食物，也不行！"税关冷冰冰地。

"吃在肚子中，总行吧？"蒙妮坦坚持。

海关人员拿她无可奈何，指着一个角落。

拉了一张椅子坐下，蒙妮坦拿了那三只大闸蟹，摆在膝上，吃将起来，不消一会儿，全部吃完，心花怒放。

接着转机去亚特兰大，机上，睡得像个婴儿，做着长大后吃大闸蟹的梦。

绿眼公子

　　大苑阁的伎生派对，进行得如火如荼，传统韩服的大裙子飘了又飘。其中一个伎生虽然是纯韩国人，但浓眉长发，鼻子笔挺，带着西洋美女的味道。

　　我们一群男的已喝得醉醺醺的。二十多个女人，大家的目光全集中在她一个人身上。

　　而这个女人一跳完舞，便毫无条件地躺进我的朋友刘乔治的怀中。当晚她不管妈妈生的反对，忘掉伎生只卖艺不卖身的传统，跑到汉城的半岛酒店去，和乔治度过温柔的一夜。

　　语言不通，全靠手势和眼神，为什么她偏偏地选中乔治呢？完全因为乔治的那双绿色的眼睛。

　　乔治和他弟弟卜，是一对混血儿，父亲是中国军阀，母亲为苏俄的芭蕾舞巨星。双双早逝，把这两兄弟留在香港受教育和长成。

父母的遗传下，原名刘幼林的弟弟卜的样子完全是洋人，但是有一对乌黑的眼睛，而做哥哥的乔治，原名刘少林的，一看和你我没有什么分别，但是在他微笑中，你会发现有点不对，那就是让伎生沉醉的眼睛，完全碧绿，深不见底。

乔治亲自告诉我的故事，两兄弟上了酒店电梯，当年还有个老头开的那种。老头很恭敬地问弟弟卜说："Which floor, Sir？"

卜回答后，老头转过头来，粗暴地对着哥哥乔治，说："喂，几楼？"

就那么不平等的环境下，两兄弟各自挣扎奋斗，在香港闯出了名堂。卜当了美联社的远东社长。

有些读者也许会记得，当年随着英文报纸赠送的一份刊物叫 *Asia Magazine* 的，它实在是图文并茂，编得很有水准的。这份东西的主编，便是我这个老友刘乔治，全是他一手一脚建立的。

之前，乔治已是一位很有权威的记者，访问名人政客无数，又因为他长得高大英俊，加上那对神秘的绿眼，香港社交圈中以请得到他出席为荣。

乔治在电影界里也吃得开，和邵氏电懋的关系良好，尤其是与胡金铨的交情甚笃，常撰文把胡的作品推荐给受英文教育的读者。

认识乔治的时候我只有二十岁，在京都。

星光灿烂的亚洲影展，是受各国注目的娱乐圈大事件。每个地方派出两名评判员参加，乔治代表香港，他还负责把香港明星介绍给大家，当年他带来的是一部电影都还没有拍过的胡燕妮。

可能是他们两个同是混血儿的关系，乔治对燕妮爱护尤深，当他穿着黑礼服拥着燕妮的手臂由酒店走来的时候，各国摄影记者的闪光灯亮个不停，忘记了走在他们前面的日本大明星。

各个国家的评判员都甚有地位，日本是著名的和尚作家今东光，菲律宾是革命诗人尼克·华金斯等等。由新加坡来的只是我这个嘴边无毛小子，身份为影评人。我从十四岁起就写影评，略有资格。

我们看完多部闷片之后常闲聊，当时能参展的电影全都是娘娘腔的文艺片，男女主角必得病而死，我说这不是亚洲影展，是亚洲病院，令所有评判员哈哈大笑。

有次我们大喝啤酒，走出餐厅后看见一条很干净的河流，河上有座小桥，大家都忍不住了，一齐排排队地踏在桥上，准备拉出家伙解决。一个警察走过来喝道："不准小便！"

我笑嘻嘻地："不是小便，拿出来看看罢了。"

乔治从此更喜欢我了，我们两人作为朋友，每晚谈天到黎明。

"我送一个最好的礼物给你。"乔治说。

礼物是他弟弟阿卜刘幼林，乔治要我好好照顾他，我比卜还小，怎么照顾？因为卜没亲人，我便成他的家长。当年大家都住在东京，来往密切，后来在香港又在一起，我介绍了张艾嘉给卜认识。两人结婚，又离婚，那又是另外的一个故事。

回去谈乔治。女人叫拜倒石榴裙下，男人怎么形容？乔治身边的美女无数，但在一个下雨的晚上，乔治走进一家夜总会，舞台上站着的是出名的菲律宾名歌星 Estella，当乔治听完她的一首怨曲之后，便注定和她长相厮守。

Estella 为乔治生了一男一女。乔治后来被亚洲信托银行请去做经理，不当记者了。他们长居马尼拉，儿女长大，全家人又移民到美国华盛顿州，乔治平静地过着弄孙的生活，每次来港玩，我们都相聚叙旧。

由卜的电话中，我知道乔治患心脏病逝世，享年六十五，算是半个中国人，加一岁二个月，应说为六十七。

那么多游历过的地方中，乔治最喜欢夏威夷，一直想重访，但没去成，他个性开朗，不爱悲哀。家人跟随他的愿望，葬礼之后到夏威夷去度假，把他的骨灰撒在夏威夷的大浪之中。

我想，只有深蓝的海，才能配衬乔治的绿色眼睛吧？

多年前住旺角，常往街市跑，遇到这么样的一个人物：

老乞丐脸圆圆地，身材略胖，戴着一顶鸭舌帽，不管冬天或夏日，衬衫总是一穿两件，虽然不打领带，但颈口的纽扣得紧紧的，拿了一支拐杖和一个红色的塑胶水桶，到处讨钱。

特征是这个人一面行乞一面唱歌，唱的粤曲曲目听不出是什么，从来没有一首特别悲哀，亦并不欢乐。

每一个菜市场都有一档较为高傲的小贩，专做新界菜，非常有信用，大陆货一概不售，价钱卖得比别人贵，买不买请便，不愁没生意做。旺角也有这么一家人。

看到芥菜头已经出现，是买回家做泡菜的时候了。每做一次花的工夫不少，当然是买最好的了，便向小贩要个十斤。

正在付钱时，听到老乞儿的歌声，这几天都没见他，不知是不是病了？向菜贩说马上回来，转头就冲出档口，走到乞丐常站的角落。

把钱小心地放在那红色塑胶桶里，赠款时绝对不可以随手一抛，铜板掉落在地上是对对方的不敬，不给好过给。

听不到一句谢谢，记忆中这位仁兄从来不感激，但五块十块是区区的数目，要求人家流涕膜拜吗？

回到菜贩处，卖菜的老太太说："蔡先生，你是常客，我才告诉你，这个乞丐在元朗有一间很大的丁屋，有钱得很呢。"

"什么？"我不相信自己的耳朵。

"他的子女也常来我这里买菜，你知道啰，我们卖的是最贵的。"老太太说："子女们一直骂这个做父亲的，说他替他们把脸都丢光了。"

晴天霹雳，这些年来，加积起来也给得不少，原来是让他给骗去？但是这档卖菜的虽然有信用，说的话是不是有证据的呢？

老太太看到我的表情，加多一句："你去问问前面海鲜餐厅的伙计好了，这个乞丐常去吃翅的。"

更加震惊，有点垂头丧气地跑去茶叶店，问老板说知不知道乞丐的事？

"是不是脸圆圆的那个？"老板问，"海鲜铺的经理来进货时，我问问他老乞儿是不是去吃鱼翅，一问就知道卖菜的话说的是真是假。"

第二天又到菜市，如果遇到老乞儿时，直接问他好了，但是这么做会不会伤到他的自尊？好在，没看到他。

第三天、第四天，亦不见老乞丐的踪影，茶叶店老板笑说："会不会漏了风声，听说你找他，跑不见了？"

过一个星期，茶叶店老板的外甥女说："经你那么一讲，我也注意到他，那天看见他的领口开了，还戴了一条金链，手指般粗呢！"

"你留下电话。"老板说，"我们看到了就打给你，你亲自看看。"

铃响，赶去的时候，老乞丐已经走了。

周末，又往菜市场跑，还是看不见，茶叶店的老板打趣："是不是长短周，星期六不上班？"

想问有没有见餐厅经理，说曹操曹操就到，经理也问："是不是脸圆圆那个？是呀，他常来，一来就叫翅。一叫就两碗。"

"两碗？"

"一碗自己，叫一碗给那个女的，他常带着一个女人来，有时还抓一把钞票塞进她的手。"餐厅经理说。

唉，有一点点的悲哀，想到自己在香港挣扎了那么多年，屋子也还没能力买。这家伙又有丁屋又有情妇，比自己强得多。

"还要不要找他本人聊聊？"茶叶店老板问。

"算了。"我说。

问了又如何？自己编一个故事，把这个人物写下，赚点稿费，算是得些赔偿吧。

又照常去买菜。一天，终于听到老乞儿的歌声，忍不住上前和他搭讪。

"阿伯今年多少岁了？"我给了钱后问。

"六十七。"他说，"我从前在新填地唱歌的，唱的是新马仔，现在老了，唱不好了，出来做乞儿，一天也可以讨个一百多块。"

"你不是有屋子有情妇的吗？"想这么开门见山地问，但还是问不出口。改为，"一百多？一个月就有三四千，加上救济金，够用吧。"

给我问得有点口吃，他说："我……我有病。"

"什么病？"

他想个半天，说："胃病。看医生，一次也要一百多。"

"可以看公家医院不要钱呀！"

"公……公家的，看不好，要看私人医生。"

唉，我还是问不下去了，离开他。

这个人为什么要行乞？茶叶店老板说大概生了一条乞丐命，我认为不是理由。

走远，好像听到老乞儿在唱："孤苦零丁，寂寞也，寂寞呀……"

"不是太辛苦吧？"麦钟文师傅转过头来。

已经气喘如牛的我，摇头强笑："没事。"

"你做不做运动的？"麦师傅看我的样子就知道答案，还是照问。

"我最讨厌运动。"我说。

"你可以打打高尔夫球呀！"

"那是给追不动女子的老家伙，"我说，"去追一个可怜的小白球。"

麦钟文师傅让我引着笑了。称他为师傅，其实他年纪比我轻。块头大，但保持瘦削的身材，是练气功的成果。

"跟你上山采药，倒是值得，不当是运动。"我说。

望着麦师傅的背影，要是他挑的不是一把现代化的洋锄头，简直就是古人一个。

"快找到了吧？"我问。

麦师傅笑着不答，继续爬山，久仰他的大名，听说他闲时到长洲这个小岛，在一个偶然的机会认识他，便不放过这个机会。

"歇一会儿吧。"他说。

我乘机抽了一根烟。麦师傅摇摇头，知道要劝我也是枉然。

从站着这个角度可以看到长洲的名胜三石朝阳：花瓶石、人头石和钟石。给人家那么一叫，样子果然有点像。石旁题着字，歪歪斜斜，又没有童体的天真。

"如果真正学过，就不敢在这里撒野了。"麦师傅说："真是难看。不过石头还是美的，风一吹，有一块还会摇呢。"

越走越觉得手臂很痒，一定是刚才停下来的时候给蚊子咬了一口。

麦师傅见状，从山边摘了几片叶，揉碎了替我涂上。

一阵凉意，减少不舒服的感觉。

"那是什么？"我好奇地。

"薄荷呀。"他说："最基本的止痒药。"

我一闻，果然有薄荷独特的味道。

麦师傅又指着草丛中的几片黑色的叶子："那叫黑面神，也有同样的医疗作用。"

仔细地看，黑叶面上充满弯弯曲曲的白色细纹，形成古怪的花样。

"所以又叫鬼画符。"麦师傅说："湿疹、皮肤过敏症，也能医。"

"在药材店找不找得到?"我问。

"那么多的野生山药,铺头里哪卖得完?"他接着指出,"这叫火炭母,治肝炎。那是白面风,学名山白芷,医头痛。还有黄牛茶,止咳。"

刚才还问他草药什么时候才找到,原来遍地皆是,他没采罢了。

看到一朵粉红色的花,花瓣重叠又重叠,好像什么地方见过。不可能吧?还是问道:"这……这是不是牡丹?"

麦师傅把花摘下来,放进竹箩里:"是。不过叫野牡丹,拉丁学名是 melastoma candidum d.don,它不但能消肿止血,还医消化不良、肠炎、肝炎和血栓闭塞,也是止痛药的一种。"

"哇,那么厉害?"我讶叹,"不过把它采了,不就没了?"

"还会生的呀,"他一点也不感到可惜,"那么大的一座山,什么时候才采光?"

"这里有没有医伤风感冒的药呢?"最近的禽流感有点吓人。

"不必在山中找,到街市去买一个洋葱、几瓣大蒜、几片姜,用文火煲个两小时,喝了就好。要使到它美味,可以加半斤瘦肉,当汤喝,很甜。"

"就那么简单?"我问。

"就那么简单!"

"你怎么学会那么多的?"

"从小跟师父，问得多了，就学得多。"他轻描淡写，"师父说满山是黄金，看你会不会去收罢了，他起初是那么引诱我的，但是草药真正能卖几个钱呢？帮人治病，倒是买不到的快乐。"

"那么气功呢？"我问，"学起来难不难？"

"不难，我教你。"

麦师傅说完要我把双手垂直张开放下。腰则要挺得直直的。

"幻想你头上顶着一本书。"他说。

即刻，我头上有一本书。

"呼吸呢？"

"自然。"

"要不要闭眼？"

"张开好了。"

做了几下，果然忘记了疲倦。

"就那么简单？"我问。

"就那么简单。"他说，"不懂的才以为复杂，才会迷惘，一切东西，学多了，就知道都是简单的。"

故乡茶寮

南京大屠杀纪念日那天，和几位旅游界的朋友到了一趟长洲。

从香港的离岛码头乘船，一个小时抵达，快艇则只需三十分钟，但是摇得厉害，还是决定坐慢行的大船。

长洲的确是一个朴实的小岛。繁华的香港，影响力还没传到这里来，香港人没有什么目的的话，绝对可专程来这里玩。外国人喜欢大自然，定居离岛的人数不少。愉景湾住的多数是美国人，每天跑步，非常健康。在南丫岛，英国穷鬼居多，大白天就泡在酒吧作乐。在长洲留下来的各国的人都有，他们的共同赞美，是长洲没有犯罪率，爱它的相安无事，优哉游哉。

走向下榻的华威酒店途中，经过一间小餐厅，招牌写着"家乡茶寮"四个字。另有一块牌子，画了几个卡通人物和数种手卷寿司。咦，怎么会在这个地方开了那么一家日本料理店呢？

放下简单的行李之后出来散步，遇见上山采药的麦钟文医师，他是老长洲，带我们各地走走。

吃过晚饭后，麦医师请我们到一家小酒吧饮两杯。坐下不久，便看见一位身材矮小的家庭主妇，拿了个东京风景的日历去送给酒吧老板。

"大使馆的职员给的，我今天拿很多鳗鱼寿司去请他们吃，他们回敬我一大叠日历。现在我每一间店铺分送一个给他们拿去挂挂。"她用英语说。

在这种乡下有个操英语的主妇。

答案很快地揭晓，麦医师说："她就是那家日本店的女主人，在长洲的沙滩一块一块推销给客人卖红豆饼起家。"

她见人就打招呼，好像每一个都认识，走过来时，麦医师给我们介绍。

"原来是旅行社的人。"她说，"你们对日本游客太不公平了。我在岛上教日语，有两个学生跑去专门卖东西给日本人的店铺做工，看见十块钱的货要卖一百，他们虽然是中国人，也觉得不应该，辞职不干。"

"不是每一家人都是那样的。"我代朋友辩护，用日语向她说。

这位妇人一听到语言能沟通，更是滔滔不绝地投诉她的日本朋友在港受害的例子："他们来了香港，被旅行社的人拉去，硬要他们买什么医治香港脚的药，晚上带他们到女人街，又要向他们收费。结果我的朋友每人身上带的五十万日圆,合港币三万块,花得光光的。我想去救他们,但给旅行社的老板娘包围着,不让我见我的朋友。你看看连这种事也会发生。"

"不是每一个都一样的。"我又用同一个对白回答她:"中国人有坏的,也有好的。"

"你说什么呀?"她叫道,"我讲的那个旅行社的老板娘,是个日本女人呀!"

我搭腔:"前几天有两个朋友在东京参加旅行团,住三流旅馆。日本接待社也要收她们一晚三千六港币。她们问两个人住一间可不可以?旅行社的人回答不行,两人住一间也要一人收三千六,而且一订就要住三天以上。结果她们自己打国际电话到第一流的香格里拉酒店,一间房住两人,也才一千四港币。"

"可不是嘛。"她说,"吃人吃惯了,不吃是不行的。现在香港酒店到处减价,日本方面还是要收回归前的价钱,太岂有此理了。"

"日本人也不是那么笨的,"旅行业的友人说,"从前来港的旅客七成参加团,三成自己来。现在经过调查,刚好相反,三成参加团,七成自己来了,我们做旅游业的人也深受害群之马所累,生意少了很多。"

大家谈起来没完没了,那太太说:"我的小店就在前面。喝完了酒请过来喝茶。我们做了一种灵芝茶,喝过的人都说很有效,对身体很好。"

说完先行回去。朋友们有点疲倦，到酒店休息。我尚无睡意，走到那位太太的"故乡茶寮"去坐坐。

　　"您好，我叫吉野孝彦。"妇人的先生走出来打招呼，是位仁慈的人，像个学者。

　　"吉野先生，来香港多久？"

　　"十二年了。"他说，"我本来是想来创业开一家日语学校的，太贵了办不成，反而开了这家小餐馆。"

　　"为什么选长洲呢？"

　　"长洲人一直保留自己的文化，像抢包山这种风俗习惯，别的地方就没有了，她离开香港只要一个小时，但是几乎和香港完全隔绝。而且，你有没有注意到，只有这里没有汽车行驶的？"

　　讲起来，才发觉没有看过汽车。

　　"香港人的眼光之中，可能觉得长洲很落后，我倒不是这种看法，我认为长洲走在时代的尖端。"

　　"这话怎说？"我问。

　　吉野望着满天星斗的太空："将来的人类，一定会放弃造成地球污染的交通工具。明日的社会，得向长洲的今天学习。"

　　吉野太太拿茶出来敬客。

　　茶是以灵芝渗在乌龙中沏出来的。灵芝茶到处都有，没什么特别。

　　"普通的灵芝茶把整个灵芝磨成粉拿出来卖。"吉野说，"我用的是灵芝的胎胞。胎胞才对人体有益。"

我拿了架上那个像大冬菇的灵芝来看："胎胞在什么地方？"

吉野指着灵芝雨伞的底部："从这里提炼，分量虽少，过程也相当复杂，是我和中山大学一齐研究出来的。"

想不到这位老先生，起初只知道他教日文，后来又开餐厅，现在才发现他还是植物研究家。

这时候跑来一个青少年，听到我们在以日语交谈，一溜烟地跑上楼去。

"长洲住得开心吗？"转了一个话题。

"最开心的还是这个孩子。"吉野指着刚才跑过的青少年："他两岁大的时候我带他来长洲，家里教他学日语，但是他和街坊孩子一齐玩，广东话和他们一样流利，日语会听，但说得不好。现在遇到日本人怕怕。"

原来孩子以为我是萝卜头，我又问："在什么地方念书？"

"就在岛上念小学和初中，刚刚进去读时给一群同学抱着抛起。大家日本仔、日本仔地叫他，但是全无恶意，只是高兴有个外国籍的朋友。"

想起他那个孩子，像中国人多过像日本人。

"在长洲读书，他的时间很多。"吉野说，"篮球、足球都打得好。每天爬山跑步，和孩子们放风筝，捉蜻蜓，要是他在日本或者香港上学，为了应付考试，做功课也要做死他。"

对培育下一代，吉野的选择没有错。

"他的中文作文还得奖呢。写了一篇环境保护的论文，被老师看中，寄到香港报纸上发表。"

这么小的孩子，已有环保意识，真不得了："长大之后，他有没有说要做什么？"

"他说要学父亲，做科学研究。"吉野说。

什么？吉野除教日文、开餐厅、生产健康茶，还是一个科学家？"到底研究些什么？"我问。

"风车。"吉野太太拿出寿司给我吃，顺便插嘴。

"向来的风车是竖立着的，荷兰人用来舂稻谷和排水，美国人研究来发电，一竖就是几百个，但是功能有局限，费用也浩大。"吉野说："我的风车是水平的，躺在地上的。风吹过，照样会转，一转就能发电，节省燃料。"

"轴呢？"我很好奇了，"是不是钉在地面上？"

"钉在地面上也可以，浮在水面上也行。"吉野说。

"浮在水面上做什么？"

"一个受污染的湖，浮在水面上的风车能把水弄干净。"

我还是摸不着头脑。

吉野解释："像家里养了一缸金鱼，我们不是要用发电器打出氧气来把水洗干净吗？如果我们把平面风车浮在湖上，风一吹来，风车转动，电流流入电线，我们把电线沉进湖底，打出氧气来，道理和金鱼缸是不是一样？"

我有一点明白了。

"我已经将这个原理的论文发表，许多科学家都觉得是可行的。有个记者听到这个消息，老远地跑来长洲找我做访问，要看我的研究院在哪里？看到我在卖寿司，他以为我发精神病，照片也不拍，跑掉了。"吉野说完哈哈大笑。

"卖寿司有什么不好？"吉野太太又插嘴，"我一天可以卖两百多个手卷呢！学生们都排队来买。我们的茶也很多客人来喝，我只卖十块钱一客，要喝多少杯都可以，来这里的客人，大人小孩都高兴。"

餐厅的旁边是一间叫"小岛画廊"的，摆着吉野的作品，以很幼细的工笔线条，画长洲的风景，非常优雅。

"除了画画，他还写诗。"吉野太太说。

吉野又笑："是的，刚才你问我为什么跑到长洲来，还有一个原因的。我在日本的时候写过一本长篇的叙事诗，批评大英帝国在鸦片战争时的暴行，同时也指责日本军阀在八国联军侵略的历史，也许是缘分吧。冥冥之中我离开日本后，第一站就是香港，看到她的回归，像是了了一桩心事。其实，除了香港我什么地方都没去过。"

"我可以把你的发明写出来吗？"我想记录他的故事，当然也得提到这一项目。

"尽管写吧！"他说。

"不怕给人家偷去？"我问。

吉野又望着那满天星星的太空："研究自然环境与人类共存，多一个人，多一分力量。我不希望在肮脏的大气层下把我的儿子养大。我能做多少，是多少，我做不到的，也想影响我的儿子，让他做到。"

香港游客大减、股票大落、人们为了蛋糕造成挤兑，当今的社会越看越不顺眼；日本在大战的侵华、教科书的窜改、军国主义的死灰复燃，过往的历史，也越来越令人气愤。

这世界成了怎么的一个样子。

好在，有时出现了像吉野夫妇这样的人物，活下去，才取得平衡。

　　朋友的葬礼中，由殡仪馆安排，请了一队队的和尚，念诵经文，一遍又一遍地，毫无诚意，反正只是暂时受聘，何须用那么多功夫？听来听去听出一句南无阿弥陀佛，令人昏昏欲睡。

　　休息时，这群和尚到洗手间，拼命地拿起手提电话安排下一场的演出，口音是不纯正的国语，有点湖南湖北腔，原来都是外劳。

　　几个和尚之中，必有一两个是不会念经的，跟着其他人胡乱地南无一番。当今本地和尚不足，只有临时拉夫，记得从前邵氏公司的特约演员中，有一个专演刽子手的光头临记，常去客串和尚，结果生意兴隆，来拍戏反而是玩票性质了。

　　这些和尚身穿袈裟，但是颈下那件羊毛衣露在外面，像大陆公安人员穿的制服，也是底衫。

　　在香港，正派的佛教当然存在，虔诚的信者也不少，都是好事。但是末世纪的今天，妖魔鬼怪也跟着出没，日本的唵唔教、台湾的宋七力，皆为典型的例子。

我们这批嬉皮笑脸的坏蛋，跟着朋友家人每天念经吃斋，闲了下来，禁不住想一些鬼主意。

其中有位昵称肥弟的，长得高大，样子也有点佛相，便向他建议，要推举他出来做教主。

"开什么玩笑？"肥弟说，"我才三十出头，怎么扮得像样？"

"现代的领导人都要年轻化，克林顿和贝尔都不老嘛。"我们胡扯。

"我怎么会无端端地变成教主？"肥弟又说，"对佛经我一窍不通。"

"是菩萨托梦给你，叫你出来救世的。"

"还有另外一个办法，那就是说你是某某高僧转世的，西藏活佛，也是转世的嘛。"

"对了，一说你是托梦或转世，那么基本教义认识不深也会被接受的，只要你的法力高强就是。"

我们七舌八嘴地。

"法力高强，谈何容易？"肥弟说。

"做生意当然需要一笔本钱，我们每个人拿出十万八万来，请一些演技精湛的八婆，说什么病都给你医好，任何愿望你都能给他们达到。一传十，十传百，很快地你的功力便家喻户晓，不必担心。"我们说。

电影公司的宣传经理也参加一份："是呀，我们去请一些明星多讲几句，说服力更强。她们一出声，好过几十个八婆！"

"现在租金下降，我们可以在新界弄一间大屋当成教坛。"搞美术设计的说，"一切装修像搭布景那么搭，花不了多少钱的！"

"麻原那张打坐时'砰'的一声跳起来的照片更是简单！"武术指导说，"我叫人替你拉拉威亚，要多高有多高。不过你那么胖，要用多几个手足才行。"

"像宋七力头上的那个光圈，加上去一点也不难。"做电影特技的同事说。

"那是录影带中出现的，大家一看都知道是假的。"肥弟不服帖。

"现场也能做到这种效果！"

"怎么做？"肥弟问。

"你坐在佛坛上就行了，现代教主不必剃光头的，我在你头发之中藏了一面小镜子，再用激光照过去。要什么光环都有，还可以打出我佛慈悲的字来呢！"特技师傅自信力十足，洋洋得意地说。

"可……可不可以要一条龙？"肥弟问，他自己属龙的。

"当然不成问题，你这主意出得好。今年是虎年，行衰运。我们当你是龙，龙能够把老虎吃掉！"大家异口同声地。

"总得有个教名呀。"肥弟说，"叫什么教呢？"

"就干脆地叫神龙教好了！"

"不行。"肥弟说，"金庸小说的神龙教，都是坏人，不如叫青龙教吧。"

"青龙教形象更坏，像黑社会组织。"大家不同意，"白龙教比较好，不过已给泰国的一个高僧先取了，可惜，可惜！"

"我们的教在香港创立的。"肥弟说，"不如叫港龙教吧！"

"又不是航空公司，什么港龙不港龙！"大家反对。

"叫八龙教好不好？"肥弟最后说。

大家勉强同意。好在肥弟不是姓王，不然变成王八教主，就不好听了。

"你……你们不会是说着玩的吧？"肥弟还是有点犹豫，要我们确定。

众人伸直三只手指，做童子军发誓状，一本正经地："大家同心合力，赚到的捐款平分，怎么会是说笑？而且，你想想，做了教主，还有大把圣女包围呢。"

肥弟完全信服，站了起来，双掌合十，已经俨然适合身份。

簇新教主，从此诞生。

麦唛

　　好的漫画，必须有一份童真来支持，《花生》有，《加菲猫》就少了，所以我不喜欢《加菲猫》。香港的作品之中，从前王司马的《牛仔》也有的，当今，尊子拥有这种风格，却注重了政治讽刺。完全天不管地不管，一味可爱的，只剩下《麦唛》了。

　　创作者麦家碧本身就可爱，像个小孩，头发剪得很短，干干净净，露牙眯眼笑着的时候，你会觉得她永远不会变成一个老成的大人。

　　"怎么开始画的？"我问。

　　"从小就拿笔来画，画个不停，画到现在，好像我是为了画画而生到这个世界来。"她笑着说。

　　麦唛的人物，噢，不能说是人物，应该是"猪"物，已深入民心。麦唛是麦家碧自己，麦唛的同伴麦兜，一只有单边黑眼圈的小猪，大概是麦家碧的好朋友，文字的作者是谢立文了。

有了真，什么丑物都化为美境，普通情形之下最厌恶的屎屎尿尿也常入家碧的画，另一个主要角色是屎捞人，一只头上戴着痰罐的小熊。

认识麦家碧本人，但谢立文却从来没见过，听周围的人说是加拿大留学回来的，披头散发，和家碧完全不同，是会随时随地让警察查身份证那种。

一般的漫画文字用得不多，麦唛本身有大量对白交代故事，避开很多复杂的画面和动作。漫画背后的谢立文，是功不可没的。

谢立文患腰痛，家碧由我的文字介绍，摸上陈道恩医师的诊所，找他针灸，算是大家之间缘分的开始，针过数次，显然有效，后来还常拉患病的亲戚朋友一齐到陈医师那里。

"向他要一张字呀。"我向陈医师说。

"唔，唔。"道恩兄点头，"怎么没想到？"

陈医师是不大喜欢向人开口的人，经我鼓励，也大胆地要求谢立文的墨宝。

几星期后，我到陈医师诊所，看见墙上挂了一副对联，曰："督我背脊；刮我旧肉。"

谢立文的文章多以粤语入字，"督"，是"插"的意思；"刮"，是"刺"；至于"旧"不是新旧的旧，而是一块东西的"块"。

一直为麦唛漫画担心，用了太多粤语化的文字，地区性有所限制，只适合香港和珠江三角洲，那多可惜！可是台湾的《时报周刊》每个星期转载麦唛漫画两大版，而且深受台湾读者欢迎，可见得我的忧虑是多余的。

回来谈这副对联，字写得歪歪曲曲，天真烂漫，我字的右上角，添多几点。

数数对联上的篆刻，一共用了十个。

先来个猪小姐的圆印，再来葫芦框的图章，文字写着"食多旧鸡"，目前在闹禽流感鸡瘟，这方印是流行病之前刻的。

铜器杯铭上写着"食肉唔食菜，迟吓仲肥"，吃肉不吃菜，等下更肥的意思。

跟着的印说："肥你个头"。不用朱砂泥印，以墨代之，黑漆漆的。

方印又写着："麦子仲肥"。谢立文还更肥的意思。

型像印刻着一颗寿桃，写"寿包头"。

另两个"兜"字的印，一红一黑，更证实了我说过的麦唛那只麦兜，是谢立文。

用铜币入印的印文是"发鸡盲"。这句粤语真难翻成国语，大概是"有眼无珠"的意思吧，错了请指正。

这副对联有了这几方印陪衬，有趣得多。

刻功及构图显然不是经过严格训练出来的，但这又有甚要紧呢？

去年的书展在会议中心的新翼举行，麦唛有个摊位，挤满了人，大家都在抢购麦唛和麦兜的毛公仔，前者包了一块尿布，后者戴着一顶红白间条的睡帽，只有手掌般大，十分精灵。较被忽略的是摊中摆着的那本《微小小说》，如果没有"麦唛"两个大字带头，大家更不会去买。杂志书评中还说："麦唛漫画一向有唔少文字，今次仲特别多添，系隐忧。"

说什么都好，只要这两位好朋友常在一起，谁出风头都无所谓吧。

现在麦家碧在集中精神搞她的动画，谢立文坚持要用香港人班底作画，看过了袁建滔的得奖作品《球迷奇遇记》后找他导演，画了《春田花花幼稚园》和《屎捞人》，有 CD 和 CDROM，另有唱校歌的 MTV。

看了谢立文那幅字，有点心痒，下次一定要请他也给我写写。

家碧已送我一张原画，围墙上麦唛站着，背景是星星和月亮，标题写着：《我和我》，文字是：我和我，坐在月下，我的手，握着我的手，我带点羞，告诉了自己，我的愿望。

家碧的愿望是什么，她没说。

立文和家碧都很年轻，愿望会越来越多，大把时间去实现。

妈妈生的鹦鹉

到南洋的一个小镇作客。

朋友的怂恿之下，去酒店对面的一个小酒吧喝酒。这里的酒吧和西洋酒吧的印象完全不同，是所很幽暗的地方，有乡下酒女作陪。叫了一瓶白兰地，当地人称之为"色酒"，其实与性无关，有颜色的烈酒之称罢了。

妈妈生徐娘半老，年轻时应该有几分姿色，一屁股坐下，问道："要不要找几个女的来唱卡拉OK？"

不能不给生意做，我说："女的照来，聊天好了，不准唱歌，我最讨厌卡拉OK。"

女子未来之前，客人总抱幻想，也许会来一个出于淤泥而不染的吧？但一来到，永远不会有奇迹出现。

"从前来过这个镇吗？"妈妈生问。

"那是几十年前的事了。"我说，"这一带还没有改建成大厦，我记得有一家叫苏记的宠物店。"

"呀……"妈妈生喊了出来，"你的记性真好，是有一间宠物店，叫苏记。"

"对面还有间叫德记的长生店。"我说。

"一点也不错。"妈妈生说，"从前这里是个红灯区，很多做生意的女人都跑去苏记，到初一十五一定买麻雀来放生，求个平安。你看那只鹦鹉，也是从苏记买来的。"

柜台上那只五颜六色的鸟，巨大得很，从来没有见过那么大的。看样子，又经老板娘那么一提，好像看得出是只很老很老的鹦鹉。

"说起这只东西，也有一个很长的故事。"妈妈生笑着，"你有没耐性听听？"

最喜欢听这种故事："快点说呀！"

"苏记老板是个长着酒糟鼻的老头，猫呀狗呀，什么都卖，还有由泰国进口的打架鱼。但是最爱这只鹦鹉，怎么都不肯让出来，每天教它讲话。鹦鹉很聪明，一学就会。"

"你怎么知道得那么详细？"我问。

"我当年也是在这里做的。"妈妈生回答，"我也常去买麻雀。"

我喜欢她的坦白。

"有一天，一个相熟的老客人陪我去吃饭，吃完后走到苏记，我吵着进去买东西，一看到这只鹦鹉，它就大叫：'小姐，漂亮，小姐。'"妈妈生说，"我一听到乐死了，我请求客人买来送我。"

"当年要多少钱？"

"老苏说怎么也不卖，我的客以为老苏看不起他，说什么也要把鹦鹉买下来，结果老苏狮子大开口，要他五百块钱，问他买不买？"

我心算一下，照当今的钱，也要上万港币。

"我那个豪客气了起来，骂老苏，你不如去抢，老苏说买不起就别问价钱，结果我的客说五百就五百，有什么了不起？掏出钱包。"

"结果买成了？"

妈妈生说："就在这个时候，那只鹦鹉又忽然叫了出来：'棺材，要不要？'"

"棺材？"

"是呀。"妈妈生说，"原来是对面那家长生材店的老板乘老苏不在的时候跑来教它的。"

"那不把老苏气死吗？"

"老苏倒不在乎，那时候的人，头脑都很简单！"妈妈生说，"不过生意是做不成了，老苏还是很开心地，经常说：'卖不完，自己玩。'"

"后来呢？"

"老苏一向有心脏病，一天发作了，在店里死掉。"妈妈生说，"他没有老婆儿子，又欠了一身债，政府把店封了，东西拿出来拍卖。长生材店老板第一个跑去，用二十块把那只鹦鹉买了，我去到时候，已经太迟了。"

"那这只鹦鹉为什么会放在你这里？"

"你听我说下去，"妈妈生说，"长生材店老板每天教鹦鹉说话，但是它拒绝学，只会一直讲'卖不完，自己玩'，结果果然灵验，棺材店老板也跟着心脏病一命呜呼，埋葬时用的是卖不完的棺材。"

哈哈哈！我笑了出来。

"政府要把地收回来，长生店也欠了租，但总不能把棺材拿来拍卖呀。他的儿子也是我的顾客，我向他说免费和他做，不过要把鹦鹉送给我。"

"你还教它说话吗？"

"按照人的岁数，这只鹦鹉已经快一百了，教它也没用。"妈妈生说，"有时还没有开店，我会打开门给它透一点新鲜空气，它一看到有人出殡，就会大叫还有棺材，要不要？"

付账，妈妈生陪我走过柜台，用手指拍拍鹦鹉的头，它又开口："卖不完，自己玩。"

妈妈生握拳，作要打鹦鹉状："还有大把男人要我，用不着自己玩！"

　　画家丁雄泉先生的儿子英文名字叫 Jesse，是犹太籍太太取的。

　　到底父亲是中国人，儿子总得有一个中文名字呀。丁雄泉先生思想奔放，为儿子取了发音近似的"击夕"。

　　丁击夕个性善良，聪明透顶，读很多书，母亲的逝世令他消沉了一段岁月，寂寞难耐。

　　跟着父亲到处旅行，他们来到了泰国的沙枚岛度假。一大早，击夕孤独地望着那空溜溜的游泳池时，忽然，他听到了哝哝的叫声。

　　转头一看，是一只丑陋得不得了的狗，身上满是伤痕，种类已是混得不清不楚，但饥饿是绝对的。

　　击夕心一软，拿了昨晚宵夜吃不完的一块面包扔给它，那狗一口吞下。再将剩着的番茄、西生菜都丢在地上，狗也吃得一干二净。

从此，这条狗就跟定了击夕。可能是它一生中，从来没有另一个动物喂过它的缘故。

整个沙枚岛都是椰树和丛林，击夕决定去散散步，走到哪里，狗跟到哪里，击夕也不在意。

狗口渴了，舔树干上的露水。一面走一面狂嗅地上的东西，用脚扒开一块石头，底下是一群蚂蚁，那狗像食蚁兽一样伸出舌头，把蚂蚁吃光。

击夕发现它是一只求生能力极强的动物，对尘世的依恋，令击夕反省。

回到五星级的酒店，和父亲一起吃早餐。狗跟着，但不靠近击夕，在老远的草地上，摇摇尾巴。

击夕一面吃东西一面望着狗。这件事，第二天又重复了一次。击夕对这条狗的兴趣越来越浓。

一下子不留意，狗失踪了。击夕到处寻找。也许，它已经回到森林中的老巢去了吧。

"请问你在找些什么？"酒店服务员亲切地询问。

"你！你有没有看见一只狗？"击夕急着问。

"哦，这种野狗岛上多的是，我们一看到就十几人用一张大网把它们围住，刚才好像又抓了一只。"

"那只狗现在在什么地方？"击夕更急了。

"通常捉到警察局去人道毁灭。"

啊！它虽然是野狗，但也自由自在地生活在森林中，要不是为了我喂它东西吃，也不会跟着我，更不会被人抓去打死的，一切都是我的错，击夕那么想。

冲出酒店大堂，击夕雇了车子赶到当地警察局去。

达达达达，一阵 M6 自动来福枪声，击夕到达时看到满地鲜血，躺了数条野狗，但是，找不到跟他那只。

气馁地回到酒店，呆呆地望着空溜溜的游泳池，那只狗又出现在击夕的身边，击夕高兴地一把将它抱住，后来酒店的人才告诉他这只狗在运到警察局半路逃掉的。

"我可以带它回家吗？"击夕用哀求的眼光看着丁雄泉先生。丁先生看到儿子和狗的神态都一样，微笑点头。

这一下子可忙得击夕团团乱转了。他们住在阿姆斯特丹，先要为狗买张去荷兰的机票，约四百美金。再抱狗到兽医处去，说明来因。当地兽医也很同情这个案件，把打免疫针的日期提前，写了证明书给击夕。海关方面花不少泰铢疏通。又依航空规定，订制了一个指定尺寸的铁笼，折回兽医处，政府法律是必要将动物打强烈的镇静剂，才能登机。

"你知道这一针打下去，它可能不会醒来。"兽医警告。

到这地步，已不能退回头。击夕的狗，好像为主人做了决定，被打针时，站稳了吭也不吭一声。

麻烦还未了，从曼谷没有直航的飞机到阿姆斯特丹，客人和行李都要在法兰克福转机。抵达时，HLM 的服务人员发现货舱一点动静也没有，也听不到狗吠，向击夕说："行李舱没有暖气设施，在高空过冷，可能活不了。"

击夕大哭大叫，亲自冲进行李舱去看。

铁笼的门已被撬开，原来击夕的狗已经不知道在什么时候逃之夭夭。

几经奔波才在机尾的餐食部找到它，吃得饱饱地昏睡。

击夕再也不肯让它乘飞机，丁先生只好包了辆车子，直送儿子和狗由法兰克福回老家。

若干年后，击夕的狗已养得白白胖胖，需要减肥。

击夕由丁先生市中心的画室搬出去，在离开阿姆斯特丹半小时的乡下买了一间屋子，周围住的都是农夫和牧畜牛羊的人家。

篱笆和围墙建了两层，很高的，要不这样，击夕的狗时常咬死邻居的鸡鸭，甚至一两头羊。

荷兰的冬天很长，它身上的毛已盖着从前破裂的伤口，也令它适应了严寒，但击夕的狗还是不肯从水碟中喝，每天用舌头舔墙壁上渗透出来的水。

偶尔，在夕阳中，它望向东方，好像是在缅念泰国的沙枚岛的家乡。

见此情景，击夕心一酸，坐在狗的身边。

击夕的狗，转过头来，嗅嗅主人的颈项，似在安慰着他，别担心，我不会离开你。

　　小时候住后港六条石，地方好大，足二万英尺的花园中，有个羽毛球场。

　　南洋人称一里路为一条石，这老家离市中心六里。在三条石的三里，有个坟场。家父的老友一位位逝世，都埋葬在那里。他每天经过伤心，决定把房子卖掉，搬到现在这个地方。

　　小得多了，因为子女一个个搬出去住，只留爸妈和弟弟蔡萱一家，六七个房间的两层楼建筑，是四五十年代的 Art Deco 建筑，有个大阳台。

　　要是你经过我的老家，一定会认出，因为阳台上有很多猫望着你。

　　弟弟和弟妇松尾八重子两人本来都不爱猫，儿子蔡晔有一天把一只流浪猫抱回家，养了下来。等到蔡晔和妹妹蔡珊两人都出国留学，做母亲的寂寞起来，到宠物店去买了一对灰白二色的波斯猫回来，价钱不菲。

"等它们生了小猫，又可以拿去卖。"弟妇八重子说。这是专养高级猫的人的理想，多数不成。

小猫是生了，生出只杂种。

雄波斯猫懒惰，抱回来的那只土猫给掉了，生出来的完全没有波斯样，出卖的希望便落了空。

卖不出去，继续养。

家父生前不喜欢猫，因为它们常到他的书房去方便，弄得一股猫味，减少了书香。

所以四只猫都住在弟弟房内，各占一角。

猫和其他动物一样，自己的地盘是很重要的，绝对不允许他猫在侵占，即使是与对方发生了性关系，也不抱在一起睡。

说到性，猫界并无法律，随便来一下，春情发了，乱伦事件是很平常的。

第二代的那只杂毛猫，生了几只小猫，奇怪，母亲是灰白毛波斯，父亲是全赤色土种，第二代猫灰白赤三色，但为什么生出来的是全黑的呢？

"一定是偷偷跑出去和隔壁的那只搞出来的。"这是众人的结论。

"三个颜色以上，混出来就会变成黑的。"我乱说，大家都相信。

群猫继续生猫，祖母也生，女儿也生，孙女也生，已经好几代同堂。家里现在有二十一只猫，一只也卖不出去。

二十一只还不算已经去世的。猫八个月就能怀孕，其中一只是个不良少女，生了小猫后自己通宵去玩，不懂得照顾，结果都夭折了。

其实每只猫都有不同的个性，样子很像，但养熟了就能一眼看出。除了那只贪玩的，还有胆小的、阴沉的、近主人或不近主人的、整天嚷着要吃的的、老饕型挑食的和学狗摇尾巴的。

观察久了就会发现它们只有一个共同点，那就是让位的天性。

群猫在弟弟的房间各占一角，已经没有角可占。做父亲的，一生下小猫之后，便自动离去，走出房间，把地盘让给它的结晶。

花园中有两只猫很亲密，形影不离结伴而行，常用舌头互舐对方的皮毛，起初还问弟弟是不是一对夫妇？原来是两只已将地盘让出的父亲。

同病相怜，或生同性恋？猫也有同性恋的吗？没看过，只是像从前的中小男学生，成为好友就互相牵手，毫无现代人的猜疑吧？

养了一房子猫，当然有猫味，就连我的房间也有一点。下飞机后搬进行李就闻到，拼命拿那罐 Lysol 来喷，但住了几天便嗅不到，也不再喷 Lysol 了。

千猫主人

在东京街头散步，闻到一阵异味。

并不是汗臭，也非什么污秽造成，这股味道似曾相识，强烈得很。对了，是股猫味。

正想转头去看的时候，已发觉有人拍我肩膀。

"蔡澜，您好。"对方说。

停下来，我认出他。

是个叫田中的人。记得他一生热爱电影，前来求职时还刚大学毕业，说什么事都肯干，给了他一份当跑腿的杂工。导演要在草丛中看到云雾，他双手各抓几个烟筒，东奔西跑。镜头拍完，才发现手已被烫得起泡。

又有一次拍瀑布，他做男主角的替身，站在瀑布下被水冲。摄影机出了毛病，田中还是站着动也不动。几小时下来，整个人僵了。

我们看在眼里，爱他爱得要死。

田中一身流浪汉装束，我冲口地问道："怎么会搞到这个地步？"

长叹一声，田中说："你们走后，我也干了几年电影，升到副导演工作，但是你知道啦，日本电影没落，好几年没有工开，结果逼得自己去当的士司机。"

"驾的士也自由自在呀。"我说。

"唔。"田中继续，"也遇到个女的，和她结了婚，生了一个女儿。驾的士的收入不够，她在新宿当吧女帮补，后来连女儿和我都不要，跟了个黑社会人物跑了。"

"常有的故事，你女儿呢？"我问。

"放在我乡下的母亲那里寄养。"

"你自己住哪里？"

田中说："我没有家，住在玉川河的河边。事情是这样的：我老婆买过一只小猫给我女儿当宠物。她离家出走后，我赶着回家把女儿安顿，锁上门，返东京公寓的时候，那只猫已经饿死。"

"啊！"我喊了出来。

"养了那么久的猫，也有感情。那个公寓的家哪有地方葬？我抱着尸体跑到玉川河边，想给它做个坟，在那里我看到很多野猫，至少有一千只，都可爱得很。就决定用些木板建间小屋，我们干电影的，布景也搭过，什么都会。从此住在河边，至少有那一千只猫来陪伴。"田中一口气说。

"哪来的那么多野猫？"我问。

"您知道整个东京有多少只吗？保护动物协会的统计有一百多万只。为猫节育的手术非常的贵，大家都付不起。"田中说，"要阉一只猫至少得花两万五千日圆。"

我心算一下，合一千五百多块港币。

"猫一到思春期，就往外跑，这是它们的天性，要禁也禁不住。生了一堆小猫之后，公寓亦养不了那么多，做父母的就拿去丢掉了。"田中说。

"那些野猫吃些什么活下去？"

"有什么吃什么。河里的鱼，草丛中的鸟。但这些食物也因污染，少之又少，野猫都很瘦。我看了哭个不停，尽量白天出来拾些饭盒剩菜回去养它们。"田中差点又掉眼泪。

"问题愈来愈严重。"我叹气。

田中沮丧地："保护动物协会派人抓野猫，抓回来没人领养的话，还不照样要人道毁灭？我想起我的女儿，住在她祖母那里，没有人好好看管，长大后跟坏同学一起喝酒吸毒，不如也让她早点睡觉好一点。"

"喝，"我大骂他，"你们日本人迷恋死亡的这种想法，其实是最残忍的，小孩子给你生下来，不是他们自己愿意，但至少他们有活下去的权利，你算得了什么？你以为你是保护人类协会的会长？要人道毁灭就人道毁灭吗？真是白痴一个！"

田中叫道："看看有什么办法解决问题？"

老实说，我也哑了。

"猫来依偎你的感觉，是美妙得很，尤其是它们伸长了颈项，要你抓底下的毛的时候。"我静默了一会儿后说。

"对，对。"田中说，"我最钟意看它们自己舔自己的毛，就算是流浪猫，也要把自己弄得干干净净。我向它们学习，每天跳进河里洗澡。"

"它们虽然很瘦，但是抓抓鱼、抓抓鸟，也能活下去呀！活下去，才是最重要的。要死，也要快乐过，才有资格去死。"我说，"你们认为的死，并不快乐。"

"您认为那些野猫快乐吗？"田中又起疑问。

"猫没有表情，整天瞪大了眼睛望着你，看不出它们快不快乐。"我说，"不过当它们活泼地跳来跳去抓这抓那的时候，是充满生命力，是快乐的一种表现吧。"

"但是我能快乐吗？"田中还是搞不清，"我一生一无所有。"

"你有女儿，也有猫呀！"我说，"一千只猫，你是千猫主人。谁能做到？"

"好个千猫主人！"田中自豪地。

"别太骄傲。"我说，"是它们愿意叫你当主人的时候你才是主人。"

千猫主人终于笑了，笑得非常灿烂。走远。

老人与猫

　　岛耕二先生在日本影坛占着一席很重要的位子，大映公司的许多巨片都是由他导演，买到香港来上映的有《金色夜叉》和《相逢音乐町》等，相信老一辈的影迷会记得。

　　出身是位演员、样子英俊、身材魁梧、当年六英尺高的日本人不多。

　　我和岛耕二先生认识，是因为请他编导一部我监制的戏，谈剧本时，常到他家里去。

　　从车站下车，徒步十五分钟方能抵达，在农田中的一间小屋，有个大花园。

　　一走进家里，我看到一群花猫。

　　年轻的我，并不爱动物，被那些猫包围着，有点恐怖的感觉。

　　岛耕二先生抱起一只，轻轻抚摸："都是流浪猫，我不喜欢那些富贵的波斯猫。"

"怎么一养就养那么多。"我问。

"一只只来,一只只去。"他说,"我并没有养,只是拿东西给他们吃。我是主人,他们是客人。养字,太伟大,是他们来陪我罢了。"

我们一面谈工作,一面喝酒,岛耕二先生喝的是最便宜的威士忌 Suntory Red,两瓶份一共有一点五公升的那种,才卖五百日圆,他说宁愿把钱省下去买猫粮。喝呀喝呀,很快地就把那一大瓶东西干得精光。

又吃了很多耕岛二先生做的下酒小菜,肚子一饱昏昏欲睡,就躺在榻榻米上,常有腾云驾雾的美梦出现,醒来发觉是那群猫儿用尾巴在我脸上轻轻地扫。

我浪费纸张的习惯,也许是由岛耕二先生那里学回来的,当年面纸还是奢侈品,只有女人化妆时才肯花钱去买,但是岛耕二先生家里总是这里一盒那里一盒地,随时抽几张来用,他最喜欢为猫儿擦眼睛,一见到它们眼角不清洁就向我说:"猫爱干净,身上的毛用舌头去舔,有时也用爪洗脸,但是眼缝擦不到,只有由我代劳了。"

后来,到岛耕二先生家里,成为每周的娱乐,之前我会带着女朋友到百货公司买一大堆菜料,两人捧着上门,用同一种鱼或肉,举行料理比赛,岛耕二先生做日本菜,我做中国的。最后由女朋友当评判,我较有胜出的机会,女朋友是我的嘛。

我们一起合作了三部电影，最后两片是在星马出外景。遇到制作上的困难，岛耕二先生的袖中总有用不完的妙计，抽出来一件件发挥，为我这个经验不足的监制解决问题。

半夜，岛耕二先生躲在旅馆房中分镜头，推敲至天明。当年他已有六十多岁。辛苦了老人家，但是我并不懂得去痛惜；不知道健壮的他，身体已渐差。

岛耕二先生从前的太太是身为大明星、大美人的轰夕起子，后来的情妇也是年轻美貌的，但到了晚年，却和一位面貌平凡开裁缝店的中年妇人结了婚。

羽毛丰满的我，已不能局限于日本，飞到世界各地去监制制作费更大的电影，不和岛耕二先生见面已久。

逝世的消息传来。

我不能放弃一班工作人员去奔丧，第一个反应并没想到他悲伤的妻子，反而是："那群猫怎么办？"

回到香港，见办公室桌面有一封他太太的信。

　　……他一直告诉我，来陪他的猫之中，您最有个性，是他最爱的一只。（啊，原来我在岛耕二先生眼里是一只猫！）

　　他说过有一次在槟城拍戏时，三更半夜您和几个工作人员跳进海中游水，身体沾着飘浮着的磷质，像会发光的鱼。他看了好想和你们一起去游，但是他印象中的日本海水，连夏天也是冰凉的。身体不好，不敢和你们去。想不到你不管三七二十一地拉他下海，浸了才知道水是温暖的。那一次，是他晚年中最愉快的一个经验。

逝世之前，NHK派了一队工作人员来为他拍了一部纪录片，题名为《老人与猫》，在此同时寄上。

我知道您一定会问主人死后，那群猫儿由谁来养？因为我是不喜欢猫的。

请您放心。

拜您所赐，最后那三部电影的片酬，令我们有足够的钱去把房子重建，改为一座两层楼的公寓，有八个房间出租给人。

在我们家附近有间女子音乐学院，房客都是爱音乐的少女。有时她们的家用还没寄来，就到厨房找东西吃，和那群猫一样。

吃完饭，大家拿了乐器在客厅中合奏。古典的居多，但也有爵士，甚至于披头士的流行曲。

岛先生死了，大家伤心之余，把猫儿分开拿回自己房间收留，活得很好……

读完信，禁不住滴下了眼泪。那盒录影带，我至今未动，知道看了一定哭得崩溃。

今天搬家，又搬出录影带来。

硬起心放进机器，荧光幕上出现了老人，抱着猫儿，为他清洁眼角，我眼睛又湿，谁来替我擦干？

旅行团一共八十人，加"星港旅游"老板徐胜鹤，副社长小笠原，经理汤姆生，两个导游和我六名，浩浩荡荡地抵达北海道札幌的千岁机场。

赤鱲角出发时有两件事发生：第一，四个人欠席，我们已不能等，但还是派位同事坚守最后一秒钟，这四人真的是在那一秒赶到；第二，出现了一位中年妇人，拿了一大包叉烧和烧肉派给众人吃，说是专程到东涌的一家出名的烧腊店买的，要我也试一块。她自己一边说话一边拼命地把食物塞在嘴中。

那么爱吃东西的人应该很胖，这位大食姑婆身材保养得还好，面相依稀可见风骚，手指腕上珠光宝气，很显然是一位阔太。

先在札幌一个很地道的小馆吃晚饭加宵夜。鱼生、海鲜烧卖等等，吃不完，大家喊浪费。旅行团真不好办，我心里想，预定不足给人家骂，太多了又受责备。

入住 Park Hotel，在餐厅时该酒店的经理已带门匙前来交到团友手中，这家旅馆服务甚佳，日本天皇住过，江泽民下次来北海道，已预约下榻。

可能是疲倦了，这一餐才没听到那大食姑婆喊说不够东西吃。而且，她在飞机上从来没停过嘴。

翌日的日式早餐是一份份的，菜肴不少，饭粥任添，我们的活宝要了两份。

吃完去小樽，先参观一威士忌厂，巴士停下，她一溜烟冲进小卖部，不随团体。看完出发，不见大食姑婆，等了十多分钟，看到她大包小包地双手提着，气呼呼地赶来，后面还跟着小卖部的经理帮她捧四大箱东西呢。

下车位置和出发地点不同，一个前门一个后门，怪不得她找不到巴士。从此，她没有迟到或早退。

中午众人吃海胆捞饭，大食姑婆三两口扒完，冲到寿司柜台再把各种海鲜塞进口里。

小樽是拍电影《情书》的地方，非常幽美的小镇，很多有品位的商店像玻璃厂、奇石店等，她却躲在雪糕店中。

这位阔太霸了近出口的一个座位，回到酒店她像子弹般冲出，从 Bell Captain 那里抢了一辆推大行李的车，把头的东西装好，疾步地赶进电梯消失。再下去那几晚都一样，只是买的食物越来越多。

晚餐吃铁板牛肉御烧，因为是任食唔嬲（怎么吃都不生气），她没叫其他东西添补，但餐厅绝对亏本。

第三天中午在露天温泉的餐厅吃咖喱饭：烧肉丸、挂炉鸡，几种不同的咖喱和印度大饼。别人吃，我们这位宝贝则拿着那块大饼遮着嘴脸，因为她已到别处买了一大碗面充饥，有人要拍她的吃相的缘故。

晚餐在另一家温泉酒店，大伙儿坐在榻榻米上吃，友人朱家欣和太太陈依龄同团，他们去日本次数很多，依龄说这是她在温泉酒店吃到的最丰富和最好吃的一餐，方太母女也赞同，但是大食姑婆还拼命从自己的大袋中拿出各种食物填肚。

江希文看见也笑了，说不知道有一个人能那么吃的。小妮子受周刊邀请来拍一辑照片，团友起初以为她有明星架子，后来发现她人很随和，纷纷要求和她合照，江希文笑嘻嘻地来者不拒。我有幸和她一起浸温泉，她在一本杂志中说过自己的脚最丑，我瞄了一眼，不难看嘛。

第四天中午吃羊肉，晚上是螃蟹宴，大家又说东西剩得太多。只有一位不出声，拿了从百货公司地库买来的牛肉一片片放进锅中煮来吃，你猜到是谁了。

"她那么吃法，一定不开心。"有位团友说。

我不同意："你又不是她的心理医生，怎知道人家开不开心？"

另一个八婆说："这一定是一种病态。"

听了有点不高兴，爱吃东西是种习惯罢了，怎能说人家生病？但也不去反驳她，她喜欢怎么想就怎么想，大家都有这种自由。大食姑婆爱吃，也应该有她的自由。

总无不散的宴席，最后一天约好清晨六点钟到鱼市场去买毛蟹带回香港，我们的活宝已化好妆，精神饱满地在大堂等出发。一到达，阿拉斯加蟹，一箱箱的蜜瓜和各式干货，囤积了又囤积，其他团友也被感染，拼命地买。

往机场的的士进入高速道路闸口买路票时，发现过重，巴士小姐说做了那么多年，从来没有超载的现象。

"等一下 Check-in 有没有问题？"一些团友担心。

"有问题。"我吓吓她们。

其实这是国泰的最后一班航机，从此再不直飞札幌了，放松点。机场柜台经理我又很熟，已说好不算过重行李。

大食姑婆一共有十几二十箱，千岁机场的购物中心很集中，商店林立，货物丰富，她又赶去买鲜牛奶了。

机内，国泰赠送一张来回亚洲任何一处的机票，由我们团友抽中，大家都为她高兴。

十二月初要多组一团到日本四国，团友半数人决定参加，已能成行。

八十位团友，个个都有一个故事，我这次带团，收集了不少题材，等退休之后写小说，但是像我们这位大食姑婆，写出来也没有人相信是真的，派不上用场。

　　我不是一个喜欢小孩子的人。

　　一哭二闹三上吊时，很想把他们由三楼的窗口扔下街。

　　举办的旅行团一向也不让小孩子参加，讲起三级笑话碍手碍脚地。还有他们那种无限的精力，把一件不十分有趣的事重复了一次又一次，永无休止，也令人厌烦。

　　这次的白色圣诞北海道团，给李家五口报名，全为了李先生的三个女儿，Do Re Me，八岁、七岁和六岁。李先生由北京来港，四十出头，非常辛勤，白手起家，有个国字脸，李先生笑起来可爱之极，三个女儿和父亲长得一模一样。每次见到，爱得要死，就答应和她们一齐去玩。反正多收一个少收一个都是这样了，其他小孩也 OK，加起来一共八名。在温泉旅馆吃饭时各个穿和服，我坐在榻榻米上，八个小鬼站着，用 Panorama 阔镜头横拍一张照片作为留念，很有价值。

李家三女之中，最小的最有个性，完全独立。两位姐姐有时爬上床和父母睡，只有她不肯。

爱开玩笑也是李先生得人欢心的地方，他时常向三个女儿说："爸爸老了，会不会把爸爸送进老人院？"

李先生说笑时一本正经，态度诚恳。

我问小女儿："会不会真的把爸爸送进老人院呢？"

小女儿像大人回答："都说过不会了。还要一天要问三次，真烦。"

听李先生说她小女的事：有一次考试，问题都会答，但她画了几只乌龟交卷。

"为什么？"父母得到老师报告后担心地问。

"不喜欢。"她说。

那一年的数学课她只得到三十分的平均分数，不过她以离家出走威胁父亲说不可以告诉别人这件事。

圣诞节前夕，三千金都没心吃圣诞大餐，望着窗外的一片白雪，等大人带她们出去。

好歹吃完，一家五口冲到雪地，堆雪人，抛雪球，玩得不亦乐乎。

小女儿往没有足印的远处跑去时，忽然，一脚陷了下去，用力一拔，那只鞋子埋在雪中，怎么找也找不到。小女儿不想扫别人的兴，继续和爸妈及两个姐姐玩了整个钟，一声也不吭。

最后，终于不支摔在雪上。李先生一看，怎么一只脚只剩下一只袜子？即刻把它脱下来，脚已冻得又红又肿。这下子可把老子心痛死了，拼命为小女儿按摩。

"那只鞋子找不到怎么办？"她小声地问。

"爸爸明年雪溶时再带你来，一定找到。"李先生说完不管三七二十一紧紧地抱着她，小女儿把他推开。

平常，小女儿也不爱给爸爸抱的，我们出发那天，大家清晨五点起床，一早要登机，小女儿呼呼睡去，这时做爸爸的趁着这机会又抱又吻，搏晒老懵，死唔蚀底。

大女、二女在学校考的都是满分，非常之聪明。李太太比起个子高大的丈夫瘦小，很贤淑，本身是广东人，为什么会嫁了一个北方佬，从来没听他们提起。

最后两天李先生一家本来要离队上雪山滑雪的。

"和大伙在一起吧。"我说，"滑雪何必滑两天？"

李先生摇摇头："我答应过她们的。"

我们这一团我从来不安排什么运动节目，向李先生说："不如趁我们下午去购物时，你带她们上雪山，玩个几小时，晚上才回来和我们一起吃饭。"

李先生点头，说看情形，如见女儿们疲倦就回来，临行时还有点担心："不知道会不会摔伤脚？"

"让她们三人坐雪筏好了。"我说，"玩一会儿她们一定疲倦。"

"谁来拉？"他问。

"你呀。"我说。

当然是他了，难道要瘦小的李太太拉不成？

到了晚上，终于看到他们一家归队。三千金一点倦意也没有，倒是把李先生累得像一个孙子。

"这种事，以后绝对不干。"李先生说。

第二天他们还去滑雪。

好彩这次有星港公司老板的女儿燕华同行，由李太太和她以及一位《明报》的女记者，一人看管一个女儿，李先生才没那么吃力。

为了报答两位大姐姐的照顾，小女儿说笑话给她们听："头发洗了是怎么一个样子？"

"湿了。"姐姐们回答。

"酱油吃多了呢？"她又问。

"咸。"

小女儿自己不笑，学父亲一本正经，态度诚恳："那就是咸湿啰！"

大家听了都笑得从椅子上掉落地。

登机前到菜市场购物，李先生买了十箱吃的东西，有点不好意思。

"一家五口，平均才一人两箱，不算过分。上一团的大食姑婆一头就买了十八箱。"我说。

李先生又点点头，归途，小女儿带着笑容昏昏睡去。李先生再次又抱又吻，搏晒老懵，死唔蚀底。

大孩子添木铁

第一个旅行团出发时，众人集合处，看到一对男女，男的推着行李车，带着的是位略胖的女人。两人各有背囊一个，不带皮箱。

男人把头剃得像个头发刚长出来的和尚，三十多岁的样子。十月天，穿着条短裤。圆圆的脸，一身肥肉，笑起来很可爱，更像一个小孩。

这次出发又见他们，已是第二次参加。怎么有空？记得上回他说过是干保险的，能有那么多悠闲时间吗？

"你一定是做得很高层，有几十个手下，自己不用做，只是抽佣。"我不客气地说。

叫添木铁的男人回答："不，只有我和我老婆。"

身旁的太太拼命点头。

"原来你也干同行？"我问她。

太太回答："客人不同。"

"层压式的推销方法，一定是由保险业发展出来的。"我说。这种金字塔型的买卖术，上层赚钱，最低层手上只剩下一大堆货，害死不少人。

添木铁说："对。不过我亲力亲为，没有手下。"

还好，要不然虽是团友，也不值得尊敬。

到了日本，他们和上一次一样，买很多东西吃，买很多东西玩。手上已有一个精巧的傻瓜机，一下子又从袋子中拉出一个电子录像机。到了温泉，拿出来的是潜水机，最新款的富士牌即影即有，也拥有。

"这个相机才卖一万日币，已断了货，你怎么买到的？"我好奇地问。

添木铁看我识货。得意洋洋地："是炒回来的，花了三万。"

"等下一批货出时再买不行吗？"我问。

"电子东西，不玩就旧了，等不了。"他说，"一等，就买不下手，永远等新的。"

说的也是，我就是这种人。

这种相机用的是半张明信片大小的特别相纸，十间摄影铺，只有三间买得到，添木铁和他太太在别人购物时，便往照相机店钻。

吃饭时团友高兴，要我和他们一齐拍照，抓着添木铁，指着他的即影即有相机："我的菲林用完了，你帮我拍一张。"

添木铁乖乖地为众人一张拍完又一张，等到他太太想和我合照时，相纸已用完。

照样笑嘻嘻地，添木铁说："他们肯说出一个理由来要一张，已经够诚恳。相纸用完再买过，钱罢了，没有什么了不起的。"

"你要赚多少才够用？"我关心地问，"看你们那么花法，再多也给你花去。"

"我赚钱时不知道怎么叫够。"他说，"所以花的时候也不会停止。"

似是而非的道理，并非每一个人听得懂。

"所以我们拼命赚，也拼命花。"他笑道，"不过有一个条件。"

"什么条件？"

"就是不生小孩。"添木铁说。

"我也有同感。"我感叹，"如果不够时间照顾他们，还是别生的好。"

"一生人就变了。"他说，"做什么都要想到留些钱给他们，自己就不能玩了。"

"有些人骂我们自私。"我说。

"唔。"他点头，"骂就让他们骂吧。我的朋友自己刚生的时候也骂过我，过了几年，他们反过来向我说：我多么地羡慕你！"

当晚我们吃神户牛肉，我安排时怕有人大吃，已添多一半，再加了一碗牛肉汤。添木铁认为不够，一开始就多叫一客，自己掏腰包付钱。

"我已经加多一百克，一共三百，足足有十盎司，不会不够吧？"我说。

"我告诉过你，我不知道什么叫够的。"他说，"食物也是一样。"

结果两夫妇拼命填，再也塞不下去，饱得不能动弹，把剩下的打包，回酒店再努力。

"跟你五天，胖了五磅。"他开玩笑地抱怨，"如何是好？"

"喝暴暴茶呀，能消滞的。"我趁机宣传。

"我已经试过。"添木铁说，"但是越喝越饿，越饿越吃，没有用。"

最后一晚，我们往温泉旅馆，大家吃晚饭之前先到露天温泉去泡。

添木铁也脱得光光地跑进来。

众人惊奇地埋头细语。

"你们在说什么？"添木铁好像知道我们的谈话内容，"那么大的块子，烧起来足够几十个人吃！"添木铁被我们看得全身发毛，逃之夭夭。

我看到名单上有位八十岁的团友时，皱了眉头："到时怎么照顾？"

陈八十先生在机场出现时，人虽略矮，但精神奕奕，一身笔挺的西装，看起来不过是六十岁。比他小几岁的太太又高又瘦，年轻时像是做过模特儿似的，贵妇风范。

这才放了一百个心，以陈先生的健康状态，可以照顾我。

"去日本每人可以带三瓶酒，我们一共有六瓶蓝樽尊尼获加，到时请你喝。威士忌之中，蓝樽最好喝了。"陈先生笑着说。

很显然是识货之人，但八十了，还喝吗？

"出门玩，喝点酒，才玩得高兴。"吃神户牛扒大餐时陈先生说："我一向是参加洋人的旅行团，他们都喝酒，喝了开放，话就多多。我们东方人不喝酒，太严肃。你看坐在我们前面那四个单身女人，一句话也不说。那有多闷！真是可怜。"

虽然说得有道理，但是有些人先天是不接受酒精的，也不能怪他们不喝的呀！

陈八十先生好像知道我在想什么："可以精神上喝，喝可乐也会醉的，我们被生下来，那条命是改不了的。但是我们可以在后天补偿，只要把想法一修改，人就快乐得多！何必那么严肃呢？"

整天笑嘻嘻的陈先生，甚受各位团友欢迎。

"你们对我好，是因为我老，同情我罢了……"他说。

"不不。"一对年轻夫妇拼命否认，"我们真的喜欢你。"

陈八十先生向那位丈夫说："你小心，一转头我就会把你的老婆偷掉。要是我年轻几岁的话。"

"陈先生是干哪一行的？"有位太太问，其实我也想知道。

"从前是做制衣的，到了五十岁，才开始卖眼镜。"他说，"五十岁创业，也来得及。"

"其他人也卖眼镜，为什么做不成？"团友中有个包顶颈，任何事都由反面来看。

"不够大方，就做不成啰。"陈八十先生解释，"我一开始做，就把一大批送给穷苦的学生。还有，当年还不流行隐形眼镜，东方女人认为戴起来很不舒服，尤其是经期来的那几天，眼球干了，更加难过。我认为这是习惯问题，就让她们试六个月，六个月后还不舒服，可以拿回来退钱。起初亏大本，后来就开始赚钱。”

"现在还做吗？"

陈八十先生摇摇头，"把公司卖给了一个英资集团，不做了。"

"退休后整天游山玩水？"

"不。"他说，"男人总要找一点事做的，我现在当上海的大机构顾问，要开一个大餐厅，集中一百家小食档，把香港的饮食文化带上去。"

"你和陈太太结婚多少年了？"

"五十多。"他说。

"怎能维持那么久？有什么秘诀？教教我们。"那对年轻夫妇很想知道。

"保持幽默感。"他说，"没有其他方法。"

对方听得似懂非懂地走开。

"我很同意。"我私底下向陈先生说。

"我们男人和女的拍拖，两人在年龄和思想上差不多。结婚之后，男人在事业上发展，认识的人多了，拼命学习和吸收，知识上进步，人变得更好，就吸引其他女人，有情妇是必然的事。"陈先生说，"另一方面，女人也在进步，她们的生活圈中有很多其他的太太，教她们化妆，教她们买名牌，教她们怎么去管丈夫，教她们怎么去查先生的财产。变成很贪心。天下最贪心的女人莫过于我这个苏州婆，这个人就是一个典型的例子。"

陈八十先生指着她太太。这番对白陈太不知听了多少次,见怪不怪,当陈八十是个顽童,用充满爱意的眼光看着她。

"东方女人多不快乐。"陈先生兴奋起来说个不停,"很早就没有性生活。生了儿女后四十岁就不喜欢做那回事。这是事实,为了礼教道德,大家都不讨论这个问题。要是她们多做运动,可能好一点。不做运动的,最好是喝酒了,可惜她们都不喝酒。"

陈太太听了,睬他都傻。那四个单身女人有感,静默不语。

"你有多少个孩子?"陈先生问。

我摇头。

陈先生说:"没有也好。有了,上了年纪,他们都走了,还不是一样?其实我们有很多子女的。你看来服务我们的侍者,不就是儿子吗?司机也是个儿子,菲佣是女儿,情妇也可以做女儿呀。"

"还有医生和会计师,也是儿子?"我问。

"唔。"陈八十先生笑了:"不过这两个,最好敬而远之。"

红毛丹先生

有三位可爱女儿的小李先生，现在是一家大珠宝行的老板。

当初只手空拳地由北京来港，苦干一番，赚学费去日本留学，回来后还当了多年的导游，而带小李出师的，是一位香港旅游界的传奇性人物。

本名长得很，已没人记得。回忆中，这位长者皮肤很黑，但又不是美国黑人那种黑法，不像印度人，也不是马来西亚人，总之比一般人黑。头发却不黑，长满卷曲的灰发。

当年小李和他一起租了一个小单位来住，这位老先生一出门就是几天，或数月不回来。一天，小李打开门，吓得一跳。房间坐着的黑人，染了一头红发，像一颗熟透了的红毛丹，我们就叫他为红毛丹先生好了。

红毛丹先生的本领可真大，兴趣只爱看书，什么地方的语言他都熟练，尤其精通日语。日本客来香港，别人一做三十人，在红毛丹先生手下，变为六十人。

"为什么会变六十人？"我不懂，问小李。

在旁边的旅行社老板徐胜鹤兄争着解释："比方人家带了一团三十人的客，红毛丹也带三十人，不过红毛丹的三十人给他带来带去带得过瘾。叫他多做一个晚上，不就变成六十人了吗？"

小李又说："他带日本客上小公寓，公寓里只有五只鸡，红毛丹先生把她们形容得貌如天仙，身材像玛丽莲·梦露。床上功夫，更是印尼后宫教出来的。只懂得传教士一式的日本仔，幽暗之中，让妓女们出几道新招，已搞得他们服服帖帖。第二晚要求再次光临。"

"不过，"徐胜鹤兄说，"红毛丹在旅行社中受到的投诉也是最多的一个，他毫不客气地得罪日本人。"

"怎么得罪法？"我问。

"日本客多数很听话，但是其中也有一两个奄奄尖尖的，嫌东嫌西。"小李说，"红毛丹先生一听有火，即刻说：'大爷，您老开口闭口语气像一个暴发户。回到老家，还不是要拿着锄头耕田？'"

徐兄和我都笑得从椅子上跌地。

"红毛丹先生也很喜欢讲笑话。"小李继续说，"不过他说完时一本正经，自己从来不笑。有时也掉掉书袋，大谈日本文学。当年近如石原慎太郎的太阳族，远如太宰治的斜阳派，还有伊藤春天的诗词、谷崎润一郎的色情文学，都背得滚瓜烂熟，日本仔又恨又佩服。"

"红毛丹做事最勤力，好像不必睡觉似的。"徐胜鹤兄又想起往事，"他帮我打过工，一团接过一团，意大利人，南斯拉夫人，凡是最难找到的翻译兼导游，都要叫他来解决。钱赚得最多。"

"而且从来没有看到他买过香烟，客人抽他就伸手要。"小李说，"有一次，我回北京探亲，他叫我等一等，从他随身的大袋中掏出一大扎原子笔来，至少有一百支，要我拿去当礼物。"

"他从哪里找那么多原子笔？"我问。

小李笑了："凡是用到笔的，他就向人借，写完往自己的口袋一插，人家要回，他就送还，人家忘记，他就照收，他告诉我，这是他做人的原则。"

"他有没有老婆和家人？"我问。

"从来没见过，也没听他提起。"小李说。

"那么存那么多钱干什么？"我又问。

"培养孤儿呀。"小李说，"凡是遇到肯读书的他都出学费，供住宿，有些还送到英国留学。但是，对方一逃学，给红毛丹先生抓到，一定打个半死。他说他不懂其他办法教人，因为自己也是这样被教出来的。"

"吃呢？"我问，"他对吃东西感不感兴趣？"

小李回答："说到吃，红毛丹先生可真怪，我只看过他吃一种东西，那就是肉店里买了一大块生牛扒，拼命撒黑胡椒，撒得整块东西黑漆漆的，和他皮肤一样，煮也不煮，烧也不烧，就那么用牙齿撕开来吃，他说这种吃法最有营养，一块牛扒可以顶上几天。说这些话时嘴边还滴着牛扒的鲜血。"

听了绝倒，我说我要把这个人物记录下来。

小李说："快点写，不然这个人物就那么消失了。给那些受过他恩惠的孤儿听听也好。"

"最后听到红毛丹的消息是什么？"我问。

"他从来不相信银行，把钱藏在自己腰带的暗格中。每张一百块美金，加起来是一大叠，还有他永远穿着一双皮靴，不管寒冷的冬天或是热得要死的夏天，还是那对靴。靴中也塞满了美金。最后听到他的消息，是在西印度群岛上买了一间小旅馆，度过晚年。"

小李认识红毛丹先生时已五十出头，这番话是二三十年前的事，红毛丹先生当今也应作古。孤儿们听到了也应一面欢笑，一面滴下眼泪来。

车子经过铜锣湾，见一老头，边弹边唱，手上握的一具比手提琴大，又较吉他小的乐器，叫着卖飞机榄。这种老死的行业，只出现在舞台和电影里，想不到还有真实的人物存在，即刻跳下车，冲前欲去拥抱。

枯瘦的老头吓得一跳，以为我是市政局小贩管理处派来的便衣，前来抓人。

"先生，你贵姓，我认识你吗？"他问。

我已经让他吃惊，真不好意思！但说什么也要确定一下，"你！……你是在卖飞机榄？"

对方点点头。

"怎么卖的？"我问。

"十块钱一包。"他回答。

"有多少粒，一包？"

"八粒。"

即刻掏双份的钱。飞机榄用从前打麻将的油纸包着。吃了一粒，不硬也不软，甚有咬头，浸过糖精，上面沾着些甘草末，多吃了，口渴死人，不过和小时候吃的滋味一模一样，拼命灌水的情景，又浮了上来。

"你是新移民？"我问。看样子像大陆人来香港找饭吃的。

"老移民。"他摇摇头，"六十年代来的，一直住到现在。"

"香港人还肯卖这种东西？"

"有什么不好？"他反问，"自由自在地。"

"一直在这一带卖？"

"不。随便我走，走到哪里卖到哪里。"

好个自由自在！

"没有家人，才可以这么做。"他补充了一句。

"从前卖飞机榄的，是装在一个像哈密瓜那么大的铁桶里。"我回忆起来。

"用什么装都是一样。"他指着布袋，"这东西轻便一点。"

"我这东西也轻便。"我指着自己背的和尚袋。

老头笑了，冰溶解了。

"到茶餐室喝杯咖啡？"我提议。

"不。"老头拒绝，"还有生意要做。"

我们二人就一直站在街边聊天。

我从裤袋掏出两百块钱给他，老者愕然了一下，数了二十包飞机榄，硬硬要我收下，还免费送我一包。他的布袋轻了，我的布袋重了。

"你还能那么准确地把飞机榄扔到人家家里？"我问。

"从前屋子矮，五六层楼，扔上去是没问题的。"他说，"反而客人丢下的铜钱时常找不到。"

"是不是要拜师傅的？"

老头再笑："又不是什么深奥的功夫，看人家做，自己照做，就行。不过要靠经验，扔了上去。力道不能太轻也不可以太劲，就算对方双手接不到，也要刚刚好跌到他们的脚下。"

"这东西叫什么？"我指着他手中的乐器。

"秦琴。"他说，"中国人参考了西洋东西创造出来的。我从小喜欢音乐，从前是拉小提琴的。"

由他的相貌，依稀能见年轻时拥有过的潇洒，拉着小提琴的样子会是好看的。

"拉呀拉呀拉了迷，连自己的名字也改成琴夫，琴的奴隶的意思。"琴夫先生说，"不过从早到晚拉，吵死人，被家里赶了出来，给邻居赶了出去。没有人肯和我在一起，我单身从广州来了香港。"

"那么多年来，难道遇不到一个红颜知己？"我问。

"当然有过。"琴夫先生叹气，"但是女人一知道你的生命中有一件比她们更重要的东西，到最后她们还是受不了离开你的。"

唉，我也叹了一声，转个话题："怎么会从小提琴变成弹秦琴呢？"

"小提琴的旋律，轻快的也有，但是哀怨的多，凡是拉出来的音乐都比较悲伤，尤其是二胡，像女人哭后鼻塞的声音，好在我没去学。弹出来的声音不同，总是欢乐。我流落在香港，感觉命苦，还要玩凄惨的曲子干什么？吉他太大，通街带着走不方便，就选中了秦琴。卖飞机榄的时候一面弹一面唱，吵着人也是理所当然的事。对我这个琴痴，再也找不到更好的干活玩意儿。"琴夫先生一口气地解释。

"有没有想到去领援助金？"我问。

"什么援助金？你是说救济金吧？用什么名称都好，白白领钱就是被人救济。我不喜欢听救济这两个字，天灾人祸的受害者给人救济没话说，我虽然穷，活得好好地，为什么要给人救济？"琴夫先生一脸不屑的表情，是多么地傲慢！

一向对傲慢的人没有好感，他是例外。

"做人还有什么遗憾？"我问。

"有。"琴夫先生说，"已经没有窗口给我扔飞机榄了。"

望着包围我们的大厦，窗口紧闭，我也有同感。

鱼斋主人

倪匡兄住铜锣湾大丸后面时，怡东酒店还是大海，可以从家里阳台吊根绳子下去买艇仔粥。记得最清楚的是他客厅挂着"鱼斋"的横额。

由谈锡永前辈题的，大概他也很喜欢倪匡兄，写得特别用心。移民到夏威夷后，我常在友人处看到谈先生的墨宝，成龙的办公室也有他的对联，但从来没有一幅好过送给倪匡兄的那两个字。

是的，倪匡兄不但喜欢养鱼，也极爱吃鱼。

江浙人的他，来香港数十年了，对广东菜还是不太敢领教，尤其是广东人的煲老火汤，什么猪蹄大地，什么鳝鱼莲藕，他呱呱大叫地说颜色又黑又紫，那么暧昧，怎么喝得下去？不过对广东人的蒸鱼，这位老兄赞完又赞，佩服得五体投地。

我们这群老友一直希望倪匡兄来香港走走，但他说什么都不肯踏出三藩市一步。除了买报纸和买菜之外，从不出门，连金门桥也没到过。

我们这群朋友把游说他回来的责任交了给我，这次去三藩市时，我想到用吃鱼来引诱他。

"记得我们常去的那家北园吗？现在想起他们的蒸鱼，口水还是流个不停。"我开场。

"当然记得。"倪匡兄说，"我们一去钟锦还从厨房出来打招呼，现在好的师傅都变成大老板了。"

"北园真不错，在河内道的那家小榄公蒸的鱼也够水准。"我说。

"可惜这些地方都不开了，香港再也吃不到好鱼。"倪匡兄叹息。

"错。"我说，"我最近常去流浮山，吃的都不是养鱼，还有从前的味道。"

"流浮山那么远，一去三个钟，那时候有个也是作家的朋友带我们去吃，回来的时候一路黑暗，坐了老半天车，一看灯火光明，大喜望外，还只是到了荃湾。结果那个朋友好心请客，还给我们骂得老半天。"

"现在从跑马地去，不塞车的话，三十五分钟抵达。"我说，"高速公路直通西隧，快得很。"

"有些什么鱼？"

"冧蚌。"我回答，"年轻人听都没听过。"

"啊！"倪匡兄回忆，"已经几十年没吃过！秫蚌就是台湾人所叫的黑毛嘛。"

"完全不同，差个天和地。"我说，"还有流浮山三宝之一的方腴，另外有三刀，已经是快绝种的鱼。"

"都是我们从前常吃的嘛，当年我们叫青衣鱼还觉得勉强，苏眉简直是杂鱼。"倪匡兄不屑地。

"还有鱲鱼呢，吃到一尾钓上来的真正黄脚鱲，味道又香又浓，连秫蚌也比了下去。"我说。

"黄脚鱲一向是好鱼，好鱼蒸起来有一股兰花的幽香，尤其是香港老鼠斑。现在都是菲律宾来的，一点味道也没有，我也最爱吃黄脚鱲和红斑。"

"红斑肉硬，我们今晚去也叫了一尾，只吃它的尾巴和颈项那两块肉，才够软。"我再出招，"绝对和你在三藩市吃的鲈鱼不一样。"

倪匡兄说："怎能比较呢？鲈鱼连海鲜都称不上，是河里抓的，骨头又多，蒸出来只能一个人吃，两个朋友一面谈天一面吃的话，一定给鱼骨鲠死。"

"你回来一趟，我们去流浮山吃蒸鱼。鱼，还是香港人蒸得好。"

倪匡兄同意："一尾鱼蒸十二分钟的话，也要大师傅一直看着，如果只顾聊天，一过十几二十秒，就老得不能下喉。"

"流浮山那家人蒸鱼蒸了几十年，一定不会让客人失望的。"

我用说服力极强的口气强调。

倪匡兄有点心动了，沉默了一会儿。

"香港大家都认识你，不敢把鱼蒸坏。"我再逼进一步。

"也说不定。"倪匡兄摇头，"我来三藩市之前去了一家海鲜餐厅，看到一尾难得的七日鲜，马上叫伙计蒸来吃，结果上桌一看，不但蒸得过熟，还换了一条死鱼给我，我一眼就看出来。"

"你没叫他们换吗？"

"我当然把部长叫来，他捧了那条鱼到厨房去叽咕了一阵子，再跑出来向我拼命道歉。用的理由最滑稽不过！"倪匡笑了。

"用什么理由？"我追问。

"他说对不起，对不起，我们把你当成日本人。"倪匡兄说，"日本人也真倒霉，一直像水鱼那样被人刣，怪不得他们再也不来香港了。"

"再过几年，不管香港人日本人，也都吃不到好鱼。你还是快点来吃。"

"所以说有得吃就要搏命吃，你看过我那副食相，吃得撑爆肚子为止，这是我在大陆的劳改营时那些人教我的，吃进肚子里，什么马克思主义都拿不走。"

聪明的倪匡兄早已知道我的目的，讲这故事来拒绝我们的好意。他打死了也不肯回来。

古龙、三毛和倪匡

三十多年前，我在台湾监制过一部叫《萧十一郎》的电影。徐增宏导演，韦弘、邢慧主演，改编自古龙的原著。买版权时遇见他，比认识倪匡兄还早。

数年后我返港定居，任职邵氏公司制片经理，许多剧本都由倪匡兄编写，当然见面也多了。

有一次，我们三人都在台北，到古龙家去聊天，另外在座的是小说家三毛。

当晚，三毛穿着露肩的衣服，雪白的肌肤，看得倪匡和古龙都忍不住，偷偷地跑到她身后，一二三，两人一齐在左右肩各咬一口。

可爱的三毛并不生气，哈哈大笑。

那是古龙最光辉的日子，自己监制电影、电视剧又不停地著作。住在一豪宅中，马仔数名傍身，古龙俨如一黑社会头目。

个子长得又胖又矮，头特别大，有倪匡兄的一个半那么巨型，留了小胡子，头发已有点秃了。

"我喜欢洋妞，最近那部戏里请了一个，漂亮得不得了。"古龙说。

"你的小说里从来没有外国女子的角色。"三毛问，"电影里怎么出现？"

"反正都是我想出来的，多几个也不要紧。"古龙笑道，"有谁敢不给我加？"

"洋妞都长得高头大马。"我骂古龙，"你用什么对付？用舌？怪不得你还要留胡子。"

大家又笑了，古龙一点不介意，一整杯伏特加，就那么倒进喉咙。是的，古龙从来不是"喝"酒，他是"倒"酒，不经口腔直入肠胃。

这次国泰开始直飞往美国三藩市，要我们来拍特集，有李绮虹、郑裕玲和钟丽缇陪伴。倪匡兄在场，哈哈哈哈四声大笑后说："有美女、好友作乐，人生何求？"

话题重新转到三毛和古龙。

"我和三毛到台中去演讲，来了七八千个读者，三毛真受欢迎，当天还有几个比较文学的教授，大家介绍自己时都说是某某大学毕业。轮到我，我只有结结巴巴地说我只是小学毕业。三毛对我真好，她向观众说：'我连小学都还没毕业。'"倪匡兄沉入回忆。

"听说古龙是喝酒喝死的，到底是不是真的有这么一回事儿？"郑裕玲问。

"也可以那么说，我和古龙经常一晚喝几瓶白兰地，喝到要第二天去打点滴。"

倪匡兄说："不过真正原因是这样的，有一次古龙去杏花阁喝酒，一批黑社会来叫他去和他们的大哥敬酒。古龙不肯。等他走出来时那几个小喽啰拿了又长又细的小刀捅了他几刀，不知流出多少血来，马上送进医院，医院的血库没那么多，逼得向医院外面路边的吸毒者买血。血不干净，结果输到有肝炎的血液。"

我们几人听了都啊得大声叫出来。

倪匡兄继续说："肝病也不会死人，但是医生说不能喝烈酒了，再喝的话会昏迷，只要昏迷了三次，就没有命。医生说的话很准，古龙照喝不误，结果我听到他第三次昏迷时，知道这回已经不妙了。"

"古龙对于死有迷恋的，他喜欢用这个方式走。"我说。

倪匡兄赞同："三毛对死也有迷恋。"

"听说她以前也自杀过几次。"郑裕玲说。

"唔。"倪匡点头："古龙死的时候，才四十八岁，真是可惜。"

倪匡兄仔细描述古龙死后的怪事："他那么爱喝酒，我们几个朋友就买了四十八瓶白兰地来陪葬，塞进棺材里。他家人替他穿了件寿衣，古龙生前最不喜欢中国服装的，还替他脸上盖了块布，我们说古龙那么爱喝酒，不如就陪他喝吧，结果把那几十瓶酒都开了，每瓶喝它几口，忽然——"

"忽然怎么啦？"我们紧张得不得了。

倪匡说："忽然古龙从嘴里喷出了几口很大口的鲜血来！"

"啊！"我们惊叫出来。

"人死了那么久，摆在灵堂也有好几天，怎么会喷出鲜血来？这明明是还没有死嘛，我们赶快用纸替他擦口，不知道浸湿了多少张纸，三毛和我都说他还活着，殡仪馆的人一定要把棺材盖盖上，他们怕是尸变。我一直抱着棺材，弄得一身涂满棺材上的桐油。"

"结果呢？"我们追问。

"结果殡仪馆叫医生来，医生也证明是死了，殡仪馆的人好歹地把棺木盖上，我也拿他们没有法子。"倪匡兄摇头说。

听了吓得郑裕玲、李绮虹和钟丽缇三位美女失声。

"都怪你们在古龙面前喝，他那么好酒，自己没得喝，气得吐血！"我只有开玩笑地把局面弄得轻松点。

倪匡兄点点头，好像相信地："说得也是，说得也是。"

骑心

　　和我们合作拍片的西班牙公司，有一个很漂亮的女秘书。有礼貌，非常客气，人又文静；带着笑容，一看就是个不平凡的女人。

　　在拍戏的时候，有什么需要大本营办的事，打电话回去，她必定为我们交代得清清楚楚，废话不多一句，解决了问题后转过头去，嘀嘀嗒嗒地不停打字和发电讯。

　　我们只知道她名叫玛依莎。见她天天穿着不同的皮裤子，丝绢衬衫。很奇怪，从不见她着裙。

　　一天晚上，工作得很迟，几百样事情怎么做也做不完，到了午夜，大家走光了，只剩下我们两个。我说声明天见后，便下楼去。第二天一早要拍外景，我不忍心叫司机接送，到街头去等的士。刚好天雨，等了很久车子都不见一辆。

　　忽然，一架大型的 BMW 摩托车停在我面前，骑师除下黑色的铁帽子，不是玛依莎是谁？她微笑说："我送你。"

接着，她由车后拿出另一个铁头罩给我带上，"砰"的一声踩着引擎，飞驰上路。

风很劲，我被吹得又是冰冷，又像发烧，两排整齐的路灯亮晶，倒影在浸湿的路上变成双面，在我们的头顶和脚下飞过。迎面而来的车头灯，像烟花的喷火，落于我们的身旁，雨滴朦胧了我的眼珠，一切是那么的美。

"我最喜欢电单车，"她说，"在这一刻，我能自己控制我的生命，没有人能够左右我。你呢？"

"二十多年前，学 James Dean 的时候骑过，穿铁马蹄靴，转弯擦地面，喷出火，叫做热鞋！"我喊道。

"现在，还喜欢吗？"她加速后问。

"唔。"我点头。

"为什么不骑？"她追问。

"没有那种精力了。"我承认。

"我想我年纪再大一点，也不会驾电单车了。"她有点悲哀。

"人不骑。"我说，"心骑！"

她大力点头，回过来亲亲我的颊。

吉他老人

被西班牙友人请去一间小酒吧买醉。

长型柜台，后面陈设各式酒瓶子。几张高凳，并没有当地的特色。这种地方，到处都是一样。

酒女容貌庸俗，当然，这里也不是找终身伴侣的地方，嫌它干什么呢？

我们径自饮酒聊天，觉得那些女人一直嚷着要喝，是件烦事。我向朋友说，不如到清吧之类的，不是更好。

他摇摇头，示意要我等一下。随后，他望向门口，露出微笑。我也跟着转头。

走进来的是一个抱着吉他的老人。我看不出他与其他歌手有何分别。

朋友伸出双手欢迎他，老人深深鞠躬，高歌一曲。意思是："啊，我整天辛苦来干什么？老婆不了解我的心情，唠叨要钱。我以前的女朋友，她们嫁的嫁，生孩子的生孩子。花钱去买年轻的少女，但是看见她们像我女儿的时候，只有回到酒吧，听一个老者唱出你的心声！"

老人唱完，朋友大乐，直付小账。酒女们都围着吉他手，他再奏一曲："我没有八十岁的老母，也没有生病的弟弟，更没有付不起学费的亲戚。我在这里，你来花钱，让我开心。苦恼的是，我喝的酒，都是掺着水，一点味道也没有，呀，一点味道也没有！"

惹得大家都笑了。

原来这吉他老人会看相，他抓着重点，就以忧郁或欢乐歌唱。歌词是临时编的，或是分成几个公式。总之，唱到客人听得舒服掏腰包为止。

老人走过来要为我唱一首，我说不如讲个你自己的故事吧。

吉他声大响，他说这是生下来时的哭啼，接着他简单地唱童年生活、学生时代，第一次做爱的滋味。

啊，我走过天南地北。

啊，我认识天下美女，

啊，我吃遍山珍海味。

还是惦记着家中的女人，但是，她比我先走。豪华的住宅，只剩下我一个人，不如，每晚在这儿唱歌，请你们陪伴我到天明。

阿发

　　阿发是我们在这里请的翻译，他父亲开中国馆子，西班牙人工贵，阿发从小就在家里的餐厅中当跑堂。

　　说是在什么学院读电脑，但以我对电脑的肤浅知识，和他谈软件线路时，阿发一窍不通，真怀疑他有没有碰过苹果二代。

　　我们对所有的工作人员都一视同仁，到餐厅吃饭并坐一起。现在各人已学会几句西班牙话，本来叫菜没有问题，但是阿发总是跳起来，手拿白纸铅笔，问我们要吃些什么？逼得我们要用回中文点菜。

　　沙拉上桌了，阿发左手拿起那瓶沙拉油，右手的食、中双指按着瓶盖子，全神贯注地望着那木盘，然后，刷的一声把油倒下，机械化地倒了一整圆圈的油后，忽然把瓶子提高。看看有没有把一滴油流在瓶嘴。没有？他满意地笑了。

　　接着阿发左手提叉，右手抓刀，把生菜黄瓜拌了又拌，放下刀叉，拿了一瓶胡椒，沙沙沙，一连三撒，再提起刀叉了沙拉，放进别人的碟上。

阿发又矮又瘦，脸尖长，像一只狐狸，但绝对没有狐狸的智慧和勇气。领到周薪，自己拿去电了头发，买既不时髦又不老土的黄色和绿色衣裤，裤脚故意地裁短，露出粉红的袜子，没把钱拿回家。

当晚他借故要留在我们公寓睡觉，因为他不敢去面对他的父母。

"你迟早总要回去的呀！"我们说。

"不，不！"他直摇头，"一回去爸爸一定打死我！"

"这么大的人了，钱花了就花了，怕什么？最多给你老子骂一顿，你可以说这一次错了，以后不再重犯就是嘛！"我们苦口婆心。

阿发住了两个晚上，最后还是走了。

第二天，我们问他道，回家有没有事，阿发得意地笑了，说向女朋友借了钱给他老子，圆满解决。阿发的女朋友在卖猪肉，办货时认识的。

他送她回家，她的丝巾掉下，阿发拾起来往自己肩上一搭，相拥出门。

胡子大师

巴塞罗那有座未完成的教堂，由名建筑家安东尼·高迪设计，只建了外壳的几支高巍的柱子，中间是空的。

星期天下午，教堂外，陈设了许多小摊位，街头画家在这里展览他们未成熟的作品。

其中有个大胡子，二十多岁，又高又肥，他拼命地用小油刀在帆布上一小块一小块地着颜色。我在他的身后站了很久。

零零星星地走过几个游客，看了走开，没有买他的画，倒有些本地人围前，和我在一起看他创作。

他画了天空、小桥、树林、流水。很满意地转过了头来，指指油布，大声地说："这，好不好？像达利？"

的确有萨尔瓦多·达利早期作品的影子，但是差在什么地方呢？

我摇摇头："不是达利。"

大胡子有点生气，即刻抄出一本达利画册，指着一副达利还没有走抽象路线之前的油画："一样！一样！"

我还是摇头。

这位未来大师火了！大声咆哮："什么，什么，不一样？说！说！"

身旁的西班牙人也认为这年轻人脾气太大，争着说他几句。

我微笑地指着油画上的小桥，说："达利·西。"又指树林，"达利·西！"再指远方的小屋："达利·西！"

大胡子得意洋洋。

我又指画中的天空，然后做出豪放的笔画。再指流水，作大刀阔斧的手势，表示达利的风格并非每一刀油彩都是细画的。说："达利！"

大胡子听了又仔细看自己的画，不作声，其他西班牙人同意我的说法，点头。他的脸一阵白一阵青。

忽然，他张口一笑，终于彻悟，西！西！大叫，接着用力地像只熊一样把我抱起来，弄得我满身油彩。

我想我们会成为朋友。

杂种狗老板娘

在我办公地方的附近，有个小酒吧。一排长柜台，六七张凳子；除了酒瓶，其他什么设备也没有。

经营这酒吧的是个单身女人，四十多岁吧，还有几分姿色。

我们每次都错过中饭时间，餐厅关了门，只好到她那家酒吧里去挨面包。

一进门，她养的那条丑小狗必向我们狂吠，瞪着它那凸出来的乌眼。这只东西，不像北京狗，洋犬中又没有这种类，一定是混出来的怪物。

"是的。"酒吧老板娘似乎看透了我的眼神，说，"它是一个杂种！"

我看到她的眼光又恨又爱，不知道是为了什么。

等她走开去倒酒的时候，我问朋友："她一个人开这么一间店，不怕有人来捣蛋？"

"绝对安全。"朋友轻轻地告诉我，"她是警察总监的情妇！"

"什么情妇不情妇？"老板娘听到了，大声骂我的朋友："你们男人没有一个是好东西！男人搭上女人，女人就变成情妇？其实在我们看来，只是交了一个朋友罢了，有什么好大惊小怪的？"

朋友嘻笑着让她大发理论。

"而且，"她继续说，"他不是我的男朋友，是前男朋友，我早就把他甩开了！"

"是他不要你吧？"朋友反问。

老板娘听了低下头，沉默了一会儿。

"走就让他走吧！"朋友说，"有过这件事，三教九流不敢来打搅你，何乐不为呢？"

"他妈的，我才不稀罕！"她大叫。

"不如我来做你的男朋友吧？"朋友走过去要亲她。

"汪，汪，汪！"杂种狗大吠。

老板娘走过去把它抱在怀里，对它说："我已经有男朋友了，我的男朋友是你，你不会出卖我，我走到那里你跟到那里，虽然你们两个都是杂种！"

又到那间养着北京狗的酒吧去。

一进门，那只讨厌的东西又是汪汪乱吠，喉咙还发出胡胡的吼叫。我拿起上一个客人吃剩的法国牛角面包喂它，它即刻不吠，一下子嚼个干干净净。舔着我的手，瞪大双眼看我，我向它做个没有了的手势，妈的，又汪汪地吠起来。

真想一脚把它踢开时，酒吧老板娘走过来将它抱在怀中。

她自己已经有点醉醺醺，喃喃地说："马里奥，不要欺负它，它真可怜，只剩下我一个人陪着它罢了！只有它最好！"

我心中想，是它在陪你吧。

老板娘似乎由我的眼神中听到了我的话："不错，应该说是只剩下它陪着我。"

一时不知道说些什么才好，沉默。老板娘另外拿出两个干净的酒杯，放一个在我面前："今晚，我请客！"

说完便咕噜咕噜地倒满了两杯："来，干掉它，反正这酒吧也不是我的！"

"明明听大家说都是你开的，这话怎么说？"我问道。

她大力点头："是我开的，但是钱是那臭男人给的！"

见我不出声，她继续说："大家都在我背后把我的故事告诉了你是不是？不错，我的确是巴塞罗那警察总监的情妇！

"那家伙还没有退休以前买了一座大房子送我，又给我开这间酒吧！偶尔，他避开了他的老婆来酒吧找我。不管是一个月来一次，或是三个月来一次，总之，我一见到他，什么事都原谅他了。

"因为他当职的时候便树立了很多敌人，有天晚上，一个吃过他苦头的人拿一把手枪，冲了进来。他想跑也跑不掉，我看到那情形，马上用身体挡在他前面，向那人说：'有胆，就把老娘一块儿杀了！'结果他下不了手，逃走了。但是，我那老家伙已经吓得不敢再来看我！你说，是不是还比不上这条狗！"

老板娘醉倒酒吧，我替她把毛线衣披上，走了出来。

　　赶去巴塞罗那的大西洋银行取现款，人很多，正在排队时，后面有人拍我的肩膀，亲热地叫我的名字。还没有转头去看是谁的一刹那，我奇怪在这儿认识的人不多，怎么会遇到朋友？

　　一看，是勾鼻佬李云·奇里夫。我们紧紧相抱。

　　"好吗？"他问道，"在香港的时候一直是你陪我，我很感激。"

　　我点点头。想起他在香港拍戏，每天要喝两樽伏特加，醉醺醺地听到这个镜头有他，摇摇摆摆站不起来，要我拉他一把。

　　到了现场，导演准备好镜要开始拍摄，场记忽然大叫说奇里夫没有戴假发。

　　他喃喃自语地骂了几句，由裤袋中拉出一块毛来。他戴的只是顶和额的部分头套，发底用两片双面胶纸黏着头顶。

　　"来吧！"他粗声说完，把假发往头上一拍，做好拔枪姿势。

摄影师开了机器。

"卡！卡！卡！"导演立即跳起来："你的头不对！"

原来他把假发反过来戴，后面的长毛变成长在前额，像个顽皮的小孩。

"我们去喝酒！"他说。

办完事，两人走到一间小酒吧，他光着头，又没有眉毛，但是那个勾鼻还是惹人注目，其他的客人低声地互问这人是不是常演西部片的明星。

奇里夫又是叫了一樽他爱好的伏特加，一杯一口吞下。

我说："这样喝下去不是办法！"

"我们这种由小角色爬上来的人，给人家欺负惯了，都喝酒的。"他自叹。

"平常不要紧，工作时我反对。"我说。

"喝到出毛病的时候，我自然会停止。不然那里还有人找我拍戏？"他说："现在我还是照喝，不过是喝到开镜的前一天为止，杀青时又开始喝。人，越老越会照顾自己，你以后就知道这个道理！"

侍者阿关

同事们喜欢到一家叫"二人"的夜总会。那里没有女人陪伴，音乐不错，有个迪斯科舞池。看其他人狂舞，几条大汉，孤独地买酒，和店名的情侣形象完全不同。

领班的西班牙名是关度，我们管叫他做阿关，他也点头接受了。

阿关的服务真是一流，我爱喝墨西哥的特奇拉。阿关细心地把一小杯酒摆在中央，外面来一个大杯，用碎冰包围着小杯，另外一碟冰水浸着几片柠檬。然后，他拿着一小瓶盐，站在一旁侍候。

我一口把酒干了，阿关即刻把盐撒在我的掌背肉上。我把盐舐了，阿关举起碟，让我拿块柠檬吸噬。整个过程煞有介事，一点也不马虎。

下酒菜一小碟一小碟不停地送来。花生薯片不必说，还有小型的汉堡包，一口一个。另外是纹样雕刻得精美的胡萝卜和西洋芹菜及生毛菇。

偶尔有几只迪斯科虫。迪斯科虫，那是一些流连在夜总会中的少女，样子难看，想找人买杯酒请她们喝，她们走过来兜我们跳舞的时候，阿关一定用严厉的眼光看着她们，把迪斯科虫赶走。

阿关的拿手好戏是调玛歌丽妲和三藩市这两种果汁酒。他把各种配料用小车子推到我们的桌子旁边，将阔口杯的边缘粘上细糖，调到合口为止。如果你当晚不想喝酒，那只要向他说声："处女！"他马上不加酒精。

有时我不想要这些花巧玩意儿，向阿关要了一杯啤酒。哈，他也要表演一番。先把三块冰放入高腰杯中，大摇特摇，冻得玻璃杯冷，将冰块倒掉，加啤酒之前，说道："请问你要泡沫，还是不要泡沫！"

听了指示后，他一定照办。

奇怪的是，小费多给，他当然高兴，给少一点，他照样服务。

"你一定很享受你的工作。"我问。

"是呀！"他愉快地笑道。

"我爱夜生活，家里只剩下我一个人，还有什么比晚晚来这儿更好？"

我们租了一层公寓住，这小房间内，五脏俱全，客厅、卧房、浴室和小厨。

管理这间建筑物的，是个大胡子，名叫荷西，西班牙人反正不是安东尼奥，就是约瑟，再不然又是荷西了。荷西只有二十岁左右，看起来已经是三十的人。他是又胖又壮的那一型，高高大大，以为是个鲁汉时，忽然一笑，又像个十五岁的顽皮中学生。

刚搬进来的时候，他忠实地守在柜台，那天是星期日，只有他一个人，看我们成群结队的，有点惊讶，由抽屉中取出一根大木棍，说："要是中国人不守规矩，我就用这东西来对付，你们要小心。"

我叫翻译向他说："这里十几个懂得功夫的大汉，除非你有枪，要小心的是你！"

果然有道理，他听后点点头说："你讲得对！"

以为荷西只是公寓的一个保镖，床没有被单，他拿来。以为他是男侍，电灯坏了，他当技工来修理。连热水炉也拆下来分解，一面检验一面喃喃自语，更似五岁小孩。

公寓中有间小阁楼，是荷西的住所，他二十四小时的工作，半夜叫到，马上出现，非常尽职。

"我老板很爱我。"他得意地说。

我们听了："那是因为你很勤劳啰！"

"不是，"他也会自嘲，"因为我的人工低！"

荷西看到我们没有午睡的习惯，工作时工作，玩乐时玩乐，清清楚楚，开始欣赏我们。

今晚，房里的电炉坏了，请他来修，他怎么也修不好，自言自语地骂自己一顿，说："不行了，明天！"

我打趣道："多拿两张被单来，如果没有。一瓶辣椒酱也行！"

他直笑着点头："我喜欢你，不卑不亢，我服从你。"

"不卑不亢时，不必服从，也不服从人家。"我说。

他又点头，走过来抱抱我。

四十个子女

在巴塞罗那的餐厅吃饭，见邻桌有个六七十岁的老头，衣着时髦，被一群记者包围住，不停地闪光拍照，出尽风头。

我看他酒量惊人，一大玻璃壶的香加里亚酒不到半小时，就独自吞完。三四壶下肚，终有醉意，又见记者群已散，好奇心驱使我走过去和他交谈。

我们指手画脚地对话。

"你是西班牙人吗？"我问。

"不！不！"他自豪地，"哥伦比亚人。"

"来玩？"

"不！不！"他更自傲了，"我们也讲西班牙话，当西班牙是祖国。这次，是祖国邀请我回来的。"

"是吗？"我追问，"为什么？"

"我呀！是吉尼斯纪录大全中的名人！"他不可一世，"你没有看到那群记者在访问我吗？"

"破的是什么纪录？"

"生儿女呀！"他笑得开心。

"生儿女？"

"是呀！我一生，生了三十八个！二十六个男的，十二个女的。"

"都是同一个工厂？"我不相信地问。

"当然是同一个工厂。"他正经地回答，"不然怎么会破纪录？"

"有什么秘诀能生那么多？"

"多喝酒，多抽烟，多吃东西。最重要的，不说你也知道，多做爱呀！"老头子顽皮地吃吃笑。

"当吉尼斯纪录大全登记我是全世界最多产的男人的时候。"他继续说："要我们在纪念碑前拍一张照片，他们租了一辆观光巴士才够把我们全家载去。我告诉他们其实我不只生三十八个，四十个才对！"

"那应该登记四十个呀！"我说。

"唉！"

多产老人摇摇头，叹了口气说：

"不行，不行，其他两个是和别的女人生的，不算数！"

矮子的故事

　　我们请的西班牙道具班，由三个人组成，其中一名，竟然是个少女。她的名字又长又怪，没有人记得。

　　什么粗重的梳妆台，沙发和柜子，她往头上一扛，搬到三楼，气也不喘，又要忙着打扫洗擦，从不吭声。

　　穿着皮夹克、皮裤子，头发越剪越短，样子越来越像她那两个异性的伙伴。烟瘾很大，在工作时抽个不停，下班后在街上走路也要含一根在嘴角。

　　她脸上的线条很硬，但细看下还是个大美人，只觉她常被打得鼻青眼肿，见她高头大马，不像会被人欺负，真奇怪。

　　一天，她又带了个黑眼圈，坐在地上啃面包，她食量大，一大个也吃不饱。西班牙人吃的面包，皮非常坚硬，中间夹几片火腿，我们吃了常擦破口里的皮肉，他们却吃得津津有味。我没有胃口，就把我那一份送了给她。

"我丈夫像你这样就好了。"她擦擦眼角旁的泪珠。

"多给你一个面包，也没什么大不了。"我说。

"不，我是说，他像你一样高就好了。"

"你先生很矮吗？"

"比拿破仑还要矮，比小森美·戴维斯还要瘦。"她笑了出来，"他叫华金斯。"

我不明白她为什么又哭又笑，静了一会儿，看她又伤心起来，问道："你们结婚多久了？"

"我十七岁就嫁给他。"她摇摇头，"太久了，这个家伙常常打我。"

"是不是有别的女人？"

"不！"她大声说，"华金斯只爱我一个人，他温柔、体贴，一讲笑话笑死人。他打我，就是因为他又瘦又矮，只有打我，他做人才有信心。"

我同情地拍拍她的肩膀。

"谢谢你。别管我。"她忽然又笑了起来，"每天吃，硬的面包也慢慢学会啃，又会爱上它的。"

西班牙的矮子真多，我们用的一个制片荷西·安东尼，也是个大矮子，站在一起，我比他高出一个半头来。

荷西的办事能力不错，又肯拼命，但是有时粗枝大叶，不太注意细节，偶尔出错。

我已经再三提醒他的缺点，但是他还改正不过来。制片组有小毛病，责任变成落在我的头上，所以只有严厉地责备他。

整体西班牙工作人员都知道是荷西不对，对他也开始不服，荷西在我再三谩骂后，坏习惯已经渐渐改过。现在工作上轨道，他向我做一个要求："马里奥，你要绝对相信我不是有意的。"

"你到底在说什么？"我问道。

"我说我不是有意的！"他的语气慢慢坚硬。

"你发疯了，荷西！"我笑了起来。

"有什么好笑？"他大声起来，"我有什么好笑？"

西班牙工作人员听到了围上来。

"你先回去冷静一下，明天再讨论这个问题。"我走开。

"不行！"他已经在抽筋，"有什么事现在就解决！不要以为你们中国人有钱就可以欺负我们！我要抗议！我要罢工！我要辞职！"

我叹了一口气，好吧，辞职就辞职吧，我已经懒得跟他吵了。

走出厂棚，荷西追了出来，一把抓着我："马利奥，请你原谅我，我刚才说过，我不是有意的。请你不要炒我的鱿鱼！"

我不睬他，他双手合十做拜佛状："求求你，我必须那么做，要不然西班牙人不会服我的，我就一点面子也没有了！"

"那么我的面子呢？"我冷静地问。

"你长得高，你有信心，不要紧。"说完，荷西叮叮当当地唱着歌，跳着舞，走远。

看他的矮小背影，又好气又好笑。

成仔是我们工作人员中最老实的，坏习惯追他不到，他勤力，任劳任怨，总有一个非常害臊的表情。他是完美的人。所谓的缺点，是他自己做出来的，他说他很矮，做事没有信心，永远交不到女朋友。

果然是事实，这么长的时间来，他孤身寡佬，后来自卑得连同性友人也疏远。

某日，他用完了洗洁精，到附近的超级市场去买，但刚好午睡时间关了门，无奈，只好跑去不休息的药房试试。

一进门，成仔傻住了。就是她！

"和我想象中的女人一模一样，胸部不大，屁股不过分痴肥。斯文、温柔可亲的眼睛。"成仔说，"我差点昏了过去。"

"很奇怪，我能够觉得对方也是同样地对我有好感。我买了几样东西，连买什么自己也不知道，她呢，算账时也找多了钱给我。

"但是，你知道啦，这是不可能的事，她怎么会喜欢一个像我这么矮的人？

"我付了钱，连跑带跳地溜了出来。一踏出门口，马上后悔。我虽然不敢转过头去，可是我发誓，我觉得她还在里面看我。

"我很想立刻再回去买东西，或者站得远远，只要看到她一眼，我已很满足。不过我还是绝望地留在房间里。

"到了第三天，我想起你的话，你说试问一下的话，机会是"可以"和"不可以"的五五开；不问的话，等于一个零字。我越想越有道理，就抱着必定羞死的心情，冲了进去。天啊！答案绝对是没有希望，我一定被人家笑死了。但是，在我没开口之前，她已经塞了两张歌剧院的票子在我手里。看完戏，吃完饭，我带她到公园，这太不可思议了，也毫无可能性，我以为在这里必定出差错，哪知她让我吻她，摸她。最后，我们两人脱光衣服，通常这时候会出现箍颈党，注定失败。哪知，她给了我。我以为这下子可再也不会错了。她忽然跳上来，把我当马骑。我才不干，把她摔下来，你说，我们矮人多倒霉？"

替我们开货车的司机麦罗罗也是一个很矮、很矮的西班牙人，他有一张滑稽的脸，我很想和他交谈，了解多一点关于他的过去，知道他的目前。但是，自卑感很重的他，不容易接近，我拿他没办法。心中却渴望能与每一个同事沟通，才可以同心合力地去完成一件工作。

一天，我们几个人在谈奄姆列的做法，大家指手画脚地表现自己做的最好吃，我说："加炸香的小红葱片、虾米、冬菜，价钱不贵，但是味道大有变化。"

西班牙同事都赞成，麦罗罗在一边听后："我不喜欢你们中国人的那种优越感。"

这和优越感又扯上什么关系了？不过，我不反驳，向他说：

"麦罗罗，你知道中国人的眉毛和眼睛为什么向上翘的吗？"

"不知道。为什么？"他问，语气并不太友善。

"因为，"我做个双手把眉眼往上挤的动作："我们吃多了西班牙菜，每天上厕所的时候，总是捧着头，喔喔大叫！"

讲完西班牙人都大笑起来。麦罗罗想笑，但还是把脸拉长。我打蛇随棒上，继续再讲另一个：

有两名金发女郎在比较她们的爱人。第一个说："我有一个中国男朋友，他真厉害，和我做爱的时候，引得我全身每一个部分都很快乐。"

"这又有什么了不起？我的法国男朋友也一样可以呀！"第二个金发女郎说。

第一个懒洋洋地问道："用的是一双筷子吗？"

西班牙同事又大笑。

这次，麦罗罗也忍不住笑起来，我见目的达到，拍拍屁股走开。

"马里奥，"麦罗罗走过来叫住我，"你为什么长得这么高，而我又是那么矮？"

"因为我们住的地方太小，地皮贵，所以要往上发展。西班牙地大，矮一点又有什么关系？"

麦罗罗紧紧抱住我。

大仁者

又是一个星期六的下午。看完外景后回到巴塞罗那市，已经是六点钟。

斜阳正是最美的时刻，我一个人在街上溜达，走到我熟悉的教堂，它在一百年前开始铺第一块砖，到现在还没盖好，是伟大的西班牙建筑师安东尼·高迪的最后作品。

这个样子极古怪又抽象的教堂，令我百看不厌，望着围墙上的石虽，整个人看得傻掉。这么宏伟的建筑，是上帝赐给安东尼·高迪的天赋？还是安东尼·高迪创造出神来？

"噢啦！"有个声音与我打招呼。

噢啦是西班牙语的哈啰，我很珍惜陌生人给我的这个发音，马上，噢啦一声回答。

转过头去，看到一个大嬉皮士，满脸胡髭，笑嘻嘻地友善得很："你好！你也喜欢高迪的作品吗？"

他用的是纯正的英语，我搞不出他是哪里人，但语调有点生硬，便说："喜欢。你是德国来的？"

大胡子点点头："我叫史尔特。你呢？"

我把名字和来地告诉了他。史尔特如数家珍地把那一档排骨茶最好吃，什么地方的海南鸡饭出名，马来人烧的羊肠沙爹比中国人做的更佳，等等，说得我的口水都差点流出来。

很显然地，他是一个很喜欢吃的人。

"还有呢。"他继续地把全市的红灯区一一举出，对公价还知道得一清二楚。

很显然地，他是一个大嫖客。

这时，一个很美丽的贵妇走前来，双手拦腰把史尔特抱住，亲密地送上香吻。

"她叫玛丽亚。"史尔特介绍。

我看不出玛丽亚是干什么的，但是还不到直问的时候，只微笑地和她打个招呼。

玛丽亚温柔地替他整理被风吹乱的头发。

我把我知道关于安东尼·高迪的事讲给史尔特听。他很细心记住，但是他的女伴完全当成耳边风。

"你要原谅她，她一句英语也听不懂。"史尔特说："她完全没有文化，是个妓女！"

我对大胡子的坦率有点惊讶。

史尔特毫不介意地说："我除了爱各地的文化和食物，最喜欢的便是嫖妓了。"

"你不怕有病吗？"我问道。

"怕什么？我是个医生。"他轻描淡写地回答，"而且是肺科专家。"

看他的外貌，怎么也猜不出他的职业。

"不像吧？"他笑，"我自己也不相信，但是我的的确确是个医生，而且，在德国还有点小名气。有毛病的人都来找我开刀，但是我一年只做六个月手术，其他的时间，我用来到处流浪！"

"你真会享受人生！"我说。

"唔。"他点头，"短短的几十年，又何必太认真。"

"我同意。"我接着问，"太太呢？"

"在德国。"他说，"我很爱她。但是，我的性欲很强，常要找女人。你知道啦，我到每一个地方的时间都不多，哪能又送花，又给巧克力地去追求正经的？最快认识而最友善的，当然是妓女啰。"

"玛丽亚一点都不像。"我观察。

"是我花钱来把她打扮成这个样子的。"史尔特说。

"不过，钱是一回事。"我说，"你怎么弄得她那么对你死心塌地？"

"到妓院去叫鸡的时候，我看到肺有毛病，或是支气管不好的女人，我便会替她们做手术。

"反正，这对我是轻而易举的事。玛丽亚的哮喘已经拖了很多年，人瘦的不成样了，每晚还要接客。

"我三两下地便把她医好，其他有病的同事也一块儿治好，连那个老鸨的肺炎也免费奉送，现在找到她的妓院，她当我做老祖宗。"史尔特说完大笑："你跟我去玩玩，她们也会像个皇帝那么服侍你。"

"你是个伟大的人，史尔特。"我说。

"哪里。"大胡子谦虚地回答道："这叫做娱乐不忘工作。"

怪
房
客

　　我们住的这间公寓，有形形色色的客人。在我对面的是个美国传教士，四十多岁，带着一对孪生的八岁女儿，从不和人家打招呼，他认为所有人都有很深的罪恶，少与他们交谈为妙。

　　传教士每天抱着一本《圣经》，一早出去，到很晚才回来，把女儿们关在房里，不准她们出入。

　　一个晚上，他冲到公寓的柜台，大声咆哮："你们怎么可以在闭路电视中放映黄色电影？我女儿看了那还得了！你们再不停止，我就去报警！"

　　公寓的管理员是个大块头，懒得睬他。传教士一气，便找他打架，结果被揍得鼻青脸肿。我们看到了把他们劝开，拉他回房，那两个女儿面无表情，好像对她们父亲的事毫不关心，我看在眼里有点纳闷。

　　第二天，在电梯口遇到她们两人，破例地和我交谈，姐妹的话，总是一个人半句，声音一样，像是一个人在讲。

"你觉得我们不爱我们的父亲，是不是？"姐姐说完，妹妹接着说，"其实，有很多事，你不会了解的。"

我听了也不知道怎么回答，只有默然地听下去。

"爸爸每隔十天八天，一定要打一次架。"姐姐继续说，"他被打后才觉得舒服，因为，这是他赎罪的方法。"

"为什么？"我好奇地问。

"他对人类的要求很高。"两人说，"说做人要做得完美。我们的妈妈，就是受不了他的态度，才离开他的。从此，他就带着我们到处流浪，希望有一天找她回家。"

我很同情地望着她们。

姐妹俩反而笑着说："不过，请你不必为我们担心，我们会照顾自己。电视放映的黄色片，不会比卡通好看。只是爸爸不了解。他永远没有办法了解。他想忘掉妈妈，但是永远忘不了，因为我们长得和她一模一样，而且，不只一个，是两个。"

她们说声再见。

我也长叹一声走开。

　　常经过的教堂，星期日都看到一个中年的乞丐。因为他的脸很长，下巴更厉害，如果有人取笑朱元璋，那么已是大巫见小巫。

　　忽然，在一个星期六下午，我看到了这个乞丐在酒吧饮威士忌。

　　"噢啦。"我说："你不是在安东尼·高迪教堂前的那个人吗？"

　　乞丐有点惊讶，但也友善地点点头。

　　"你怎么知道我在那里的？"他问。

　　"我也爱高迪的作品呀！"我回答。

　　从此，我们又有谈有笑。

　　这个人喝了酒，大叫说："我的名字，也叫安东尼，但是比起高迪，我要钻到地洞里去啦。"

说完，他做一个潜水的姿势。

"你最多四十岁。"我说，"正当大好时光，要做什么就什么，讨钱来干吗？"

"唉，说起来话长。"他叹声，"我爸爸有个酒厂，西班牙人喝的香槟，大多数是那里酿的，不相信问酒保，他会知道什么是'丹姆酒厂'的产品。"

我这个人不是多疑，但也顺口问酒保道："你听过什么叫丹姆香槟的吗？"

酒保点头，说西西。

"你是大亨的儿子，出来干这些玩意儿做什么？"我问道。

"我父亲也这么讲。"他痛苦地说，"但是，你懂不懂，整个生命，被别人安排，是多么悲惨的一件事。"

我好像明白了他想说的，同情地请他喝酒。

"不，不。"他说，"我来请，我有的是钱，虽然不是我爸爸的。"

说完，他拿出一叠很厚的银纸。

"你哪来那么多钱？"我不客气地问。

"唉，你还不明白做乞丐的好处。"他洋洋得意地回答，"我一伸手就有钱收。"

"我也知道这个道理。"我说，"但是谁能做到？你又不是瞎子！"

"可是。"他肯定地说，"要是有一个想安排你命运的父亲，那你一生，精神上已经残废。"

　　"但是，很多人的命运也是被家长安排，大可以反抗做别的，不至于像你一样，去做乞丐吧？"我说。

　　"西，西！"他说是，点点头，"做乞丐没有什么不好呀。"

　　"一点劳力也不付，伸手讨钱，还说没有什么不好？"我喝了一点酒，光火了，想拳击其脑，"你不会派报纸？卖彩票？看更？或是替人拉狗散步吗？不能自力更生，别人看不起，我也认为不对！"

　　"你说的简单，"他反辩道，"但是你讲的工作我都做过。西班牙不流行派报纸，我只是一大早为大公司由印刷厂提货，送到各个市中心的报摊。

　　"因为我是初入行，那个同事很坏，自己搅错了订户，把所有的责任都推给我，我还要从家里拿钱来赔人！

　　"卖彩票？有人把号码改了，说星期天拿不到钱，要我先给他一小部分。我不信他会骗我，就掏腰包给了，结果第二天，那家伙逃得无影无踪。

　　"我也做过看守，住客的女人为了要和她老公离婚，脱得光光地拉住我一进去，闪光灯嗶嗶啪啪，连奶子都没有摸一下，就被人冤枉为奸夫。你说，这多可怕？"

　　他愤怒地说："唉，人间险恶，你不知道！"

　　"最自由自在的工作，"他轻飘飘地说，"不如讨钱。"

　　"但是讨钱也吃不饱呀！"我不耐烦了。

"谁说的？"他大声问，"如果动动脑筋，一天要赚一星期的饭食，够喝酒，还有剩余！你懂不懂？"

我摇摇头。

"很简单，西班牙人相信天主教，但他们不知道自己也是人，所以做了所谓的坏事，像和邻居的老婆睡觉，就觉得不妥，去忏悔后走出来，一定给我很多钱。我一天赚足一星期，而且，我还能接济那些有傲气的青年艺术家。问题的节骨眼在于，你如果看穿了做乞丐没有什么不对，那就行了。"他说。

我好像了解了他。

一眉道长

我们这一组人，有个灯光技师，他的西班牙名字像缠脚布那么长，没有人记得了。又高又瘦的他，脸上有个特征，那就是他那两条眉毛连在一起，浓而粗。他每天抽大麻，但脑筋清醒，不影响工作，灯光打得甚有美感，而且还任劳任怨，勤快得很。中国工作人员都喜欢他，因为叫不出他的名字，给他取了一个外号，叫一眉道长。听熟后他自己也认了，常用手指着胸，用中国话说："我，道长！"

一眉的法文、英语讲得流利，对艺术甚有修养，文学、音乐、绘画都有他独特的见解。收工后，他喜欢找我聊天，由他的口中得知不少西班牙的风俗人情。我们天南地北，谈得没完没了，偶尔讲到过瘾之处，哈哈大笑，邻桌之人，看我们这东西洋两大疯子，摇头侧目，而一眉忽然瞪以大眼，他们都又低下头去喝汤。

但是并非每一样事我们的意见皆同。

"我不喜欢你们东方人的工作习惯。"一眉正经地说："太搏命了，好像拍戏的时候，中饭吃不到半小时你就马上喊着要开工，岂有此理？我们西班牙人，最少放两小时吃饭。休息之后，干起活来，反而更有劲。"

"太阳都下山了。"我懒得理他，"再有劲也没用。"

他知道我的话有道理，默默地点点头："唉，我们干电影这一行的命是苦了一点。你看其他的，一到下午两点，什么店都关门，连妓女户，到这个时候也不做生意。"

"哪有这种事？"我笑了。

"真的。"他叫道，"西班牙的妓女，早上十一点开工，下午两点休息到四点，晚上做到十点钟，就回家去了。她们多数是一些离了婚而有孩子的人。当妓女对她们来讲是一种职业，和家庭生活分得清清楚楚。到了星期天，她们绝不卖淫，带孩子们到公园或郊外去玩，正常得很。"

我说："在西班牙当妓女也不错。"

"是呀！"一眉长叹，"要不是爱上它，做什么都比干电影好。"

仙杜拉是我们的临时演员经纪，五六十岁人了，身材还是修长，衣着入时，偶尔也大红大紫，但品位高，所以不觉刺眼。看来，她只有四十左右。谁也看不出她是个孤独的寡妇。

打光、等太阳之间，我们偷闲闲聊。

她告诉我："你知道吗？我从前也当过女主角，而且红极一时。"

"为什么改行当经纪呢？"我问。

"自从我结婚后，就放弃了明星梦。"她进入回忆，"我丈夫很有钱，带我到世界上最好的地方旅行，我替他生了六个儿子。西班牙丈夫多数是大男人主义，我先生也不例外，不过，我认为这也好，什么事都不用自己决定，依靠着他，我有安全感，我感到很幸福。每天都像一个大节日，我什么都不必花脑筋，他会替我安排好。

"我嫁给他的时候只有十八岁,儿女很快长大,一个在瑞士,一个在比利时,一个跑到南非,还有些到处乱跑,一年只寄回来一张圣诞卡,连长途电话都省了。

　　"我又和我丈夫到地中海去,一玩就几个星期。两人在一起,好像又回到初恋那种感觉,我更离不开他。

　　"忽然,一天,他喝了酒,做完爱后午睡,一睡就不醒了。

　　"我哭得死去活来。做人反正要死的,我多希望像他那样地走。我真的不知道要怎么活下去才好,一个人。

　　"小女儿回来陪我住了一阵子,她是个虔诚的教徒,我自己不大相信这一回事儿,但也跟她上教堂。渐渐地,我发现天主给我很多力量,起初是一星期去一次,后来我变成要天天去了。

　　"有一天我醒来,穿了衣服马上想赶去教堂的时候,我想起,依靠宗教,和依靠死去的丈夫一样,我还是没有个性,我自己并不存在。发起疯来,我把家产分给几个子女,自己找到这份职位,我才有了第二个人生,这是过往所没有的。

　　"我再也不哭了。"

豆
腐
人

我们在巴塞罗那自己煮饭吃。

菜市场上有什么就吃什么。起初还觉得种类蛮丰富，后来烧来烧去都是那几样，才知道这异乡到底缺少许多我们习惯了的原料。

豆腐就是其中之一。

"要是买到的话，便可以来一个清蒸酿豆腐了！"洪金宝一说，大家口水直流。

这地方中国人少，到底比不上伦敦或纽约。豆腐何处觅？

"但是，"午马说，"我们第一天去的那家中国馆子叫过一个红烧豆腐呀！"

经他这么一提醒，大家的希望油然而生。打一个电话去询问。

"有。"文华饭店的陈老板回答道，"这里餐厅的豆腐完全由一个山东人供应，他的店就在你们住的地方的附近，地址是……"

我们即刻叫了一辆的士赶路。车中，我们幻想在遥远的国土中，一个白胡子的老头，推着大石磨，由清晨工作到晚上。唯一的知识，便是在做豆腐。

到了。走上一条狭窄的楼梯。这种公寓，怎么会有豆腐店，是不是找错了地方？心里一直在发闷。

按门铃，开门的是一个衣着入时的年轻人，戴着一副黑眼镜。

我们自己决定这是一场误会，说声对不起要走，可是对方明明是中国人呀！问道："这里有没有一位张先生。"

"就是我。"青年回答。

"那令尊呢？"我们问。

他文质彬彬地："家父早就去世了。这里只有我一个姓张的。"

我们尴尬地说明来意。他请我们进去。

大厅已改成小型工厂，有几台电器搅拌机，除豆腐还有许多其他产品。

"我做的豆腐只是供应中国菜馆，销路不广，现在新出一种辣椒酱，西班牙人都排队来买。在外国，只要动动脑筋就能生存，何必一定要开馆子，跑堂呢？"他笑着说。

我们都俯首赞同。

米格安海儿

　　住在我们公寓的附近，有个叫米格安海儿的小鬼。他只有五岁，一头金发，像半个椰子壳一样地盖在头上。两颗大大的蓝眼睛。本来应该是人见人爱的，但他的微笑常带着轻蔑，嘴唇薄得很。

　　我每次走出来，一定看到他在门口的庭院中嬉玩。看到我，便过来拉着我的手。第一次见面，他就问道："你叫什么名字？我是米格安海儿，天使米格的意思。"

　　孩子的热情，总是件不能抗拒的事。我走到哪里，他跟到哪里。经过一家酒吧，他就说："可乐，买一支可乐？"

　　当然点头照办。

　　坐了下来，米格安海儿天南地北，谈得没完没了，说他们就住在附近，没有父母，靠姐姐替人家育婴过活。

　　"你不用上幼稚园吗？"我问。

"书多读，在社会上也不一定能找到工作。"他老气横秋，样子真惹人喜欢。接着他说，"雪糕！买一个雪糕？"

渐渐地，我对他不断的要求感到有点厌倦。由阳台看下，原来他和其他同事一样亲热，又是拉着他们的手问长问短，重施故伎地骗东西吃。

后来，大家都避开他。他又想出另一个手法，一看到众人在玩电动吃角子老虎机的时候，站在人家身后，一声也不响。一直等，等到忽然有个人中了满钵，即刻帮他算铜板，算来算去总是算少一两个，就拉着那人的手去找酒吧老板评理，那老板也不在乎这几个钱，赔了。一掉头，又看到他跑去另一家酒吧买可乐和雪糕。

当这个圈套也行不通了，他前来谈判："我看你是中国人中间最寂寞的一个，没有女朋友来找你。这样吧，今晚我叫我姐姐陪你睡觉，你给我五千个巴西达！"

想一巴掌打过去，但脑中闪过的是《圣经》上的话：原谅他吧，因为他不知道他在做些什么。

又看到他那狡猾的微笑，到底他是不是知道他在做什么呢？我想。

爱风琴的人

欧洲教堂多，是因为天主教全盛时期，势力比国王大，所以你建一座皇宫，我建一间大教堂；你有一个市政局，我便来个小教会，到处都有祷告的地方。

特拉果纳是个靠海的小镇，罗马人侵略，由此地上陆，建了个大围城，城中，当然也有个罗马式的教堂，非常巍伟。

进去一看，幽暗得很，由彩色的玻璃窗透进光线，射在一个巨大的风琴上。挂在壁上的钢制琴管，百年树干那么粗到它的幼枝那么细，排列成一连军队那么长。整座风琴被照成七彩，美得像不应该在这人间存在。

一阵慑人心弦的风琴音乐，是贝拉·巴铎的神曲，跟着奏出巴哈的第五协奏曲，由四方八处传来。

在这气氛之下，令人感觉到伟大的上帝，的确存在。

而制造这气氛的，是在二楼小角落头弹风琴的一个光头神父。

我轻步地走到他的身后停下，不想打扰他，只希望在远处看看他是怎样的一个人。

他转头向我招手，我像被催眠似的走近他，奇讶地问他道："你怎么知道我在那里的？我并不想打扰你。"

"我连最细腻的音符都能分清楚。"他慈祥地回答，"怎么听不出你的脚步声呢？不，你没有打扰我，除了风琴之外，我已经很久没有和人家谈天了。请你陪我聊聊。"

我点点头。

他的英语很标准，一面弹一面问："你喜欢这音乐吗？"

"喜欢，但是不懂。"我很惭愧。

"开始的时候，谁懂？"他说，"只要喜欢就是。"

我忽然间有一个冲动，想知道一些答案，但知道这太唐突了。

见我欲语还休，他微笑着："你有什么话尽管说好了，我会忠实回答。"

"你相信上帝吗？"我冲口出。

老神父很肯定地回答："不相信！"

我对他的坦率感到惊讶。

"你要知道我不信神，又为什么会当神父是不是？"他看穿我的心里，"其实，还不是为了它！"

望着这架风琴，是的，在这一刻，它真的是世界上最美好的东西。

老神父自言自语地："它真的太迷人了，全欧洲也找不到几架。我一见到它，就再也不想离开它了。你想想，对一个爱风琴音乐的人来说，日日夜夜地与它相守，是一件多么幸福的事！"

"但是，你为什么还对上帝的存在有怀疑呢？"我追问。

"建筑这间教堂，制出这座风琴，写作这些乐章的，都是人。我不停地在想，是神创造人，还是人创造上帝？"

说完，他抬头望天，在胸前打个十字，自幽一默地说："请原谅我！"

"你在这间教堂有多久？"

"噢，整世人了。"他说，"起初，他们只让我打扫，连碰都不让我碰一下琴键，慢慢地我摸清楚它，一出毛病，我马上可以修好，负责这座风琴的老神父才给我弹几首。你知道，我又不能趁他不在的时候偷偷来一下，它一发出声音，什么地方都听得见。好歹，等到他死后，我才承继他，暂时拥有他！"

我对他用"暂时"这个字眼感到意味深长，静静听他叙述。

"以我的资历，当这教堂的主教是绰绰有余的。"他说，"但是我不肯与其他人钩心斗角，还有，我犯了一次大错。"

"为了什么？"我好奇地。

他眯眯笑："对赞美上帝的神曲我已经弹厌了。一天晚上，我睡不着，发起疯来，大弹进行曲。把上头的人吓得跪着向上帝求饶，气得他们差点把我赶了出去！"

我想到他们的狼狈相，不禁笑了起来。

老神父顽皮地说："现在有几个喜欢风琴的年轻神父想霸我的位子，咒我早死。哼！我走以前一定要大弹一番爵士，才能瞑目。"

蓝眼

发生于人生中的事，往往比小说、电影里更离奇。但是谈起来，却毫无真实感。

在最孤独的时候，我一向是往史迹、名胜、美术馆和博物院跑，这些东西是最忠实的伴侣，永远在那里，等待着你去共发幽思。

安东尼·高迪的圣家族教堂离我住的公寓不远，一个星期天下午，落寞的感觉又促使我前往。已经对这里的一木一石很熟悉，抚摸着它们，我走进地下室去。

里面陈设着这教堂完成后的模型。一百多年了，原建筑物还在堆砌，什么时候才能见到这座模型变成事实？不会在我这一生吧。另一角有个圆形的大忏悔室。高迪的建筑蓝图不限于屋宇，他连家俬也要亲自细心地画出。

当我对着这圆形忏悔室看得老半天时，有个声音在我身后：

"它是根据树干的形象设计的，高迪永远采取大自然来放进自己的作品。"

转身，我看到一个高瘦的少女，头发蓬松，脸色苍白，由她的蓝眼中，看得出她完全陶醉在高迪的艺术世界里。

我们开始交谈，她是学建筑的，对安东尼·高迪研究很深。教我许多细节，令我有更进一步的了解，和她走了一圈教堂，等于上了一堂课。

教堂外，我们分手，约好下星期天再来。

依时赴约，她并没有出现。这种事不怪，我心中释然，自己观察柱上的石雕和螺旋形的梯阶，只当我发现那个女孩子的见解独特的时候，才又想起她那忧郁的蓝眼睛。

时间过得快，一天、两星期、三个月。这过程中，我的房间里渐渐堆满了安东尼·高迪的作品集、传记、蓝图影印本。我已仔细地看遍他所有的建筑，了解多了一点，便做笔记，已是厚厚的一大叠。

圣家族教堂我出门时必经过，它有时很巍伟，有时阴森，有时安详。阳光将它涂上金色和血红，阴影将它染成乌黑。

它的影子没有放过我，我对自己大喊："我不会再来了！"

这时，又有个熟悉的声音在叫我的名字。转头，又遇见那个蓝眼睛少女。

"走吧，"她说，"我们喝酒去！"

到了教堂附近的一条小巷，她吹了一声口哨，手掌向上摇。

我停步，是间小海鲜店，以前走过，怎么没有发现？

进入一条狭长的走廊，左边是酒吧，玻璃长柜里摆着一盘盘的海产，有肥胖的田螺、手指般粗的蛏子、像白饭鱼那么细的海鳗细苗、各式各类的生蚝鲜蛤、大大小小的龙虾，令人难于遮掩自己馋嘴的滑稽相。

这家小店只有六七张桌子，已挤满了客人。我们坐在酒吧等，她顺手举起一个"栢隆"酒器，把红酒往口中射去，真准，一滴也不掉出来。我已学会用这种方式喝酒，依样画葫芦。她看了点头赞许。接着她反手举起，这是西班牙骑士的喝法，很难瞄准，我跟着来，喷得满脸是酒，惹她哈哈大笑。早知这么容易获得欢乐，就应该快点失手。

大家都空着肚子，那瓶一公升的栢隆一下子喝得干干净净，已有点醺然。餐厅老板走过来打招呼，他们两人又亲脸又拥抱，她好像是这里的常客。

坐下后，她叫了另一种白酒，说是南部的特产："你一定要试试，它可以柔和海鲜的腥味，而且干得很，一到喉咙就化掉。"

和其他店不同，这一家是用瓷碗来盛酒，有点像中国人饮黄汤，更增加喝酒的气氛。酒质果然像她所说，一点都不沾喉，连灌几大碗，越喝味道越好。

看她吃生蚝，不挤柠檬，不加辣酱，原味地把肉送入口中后，用小刀子把那两颗小韧带切断细嚼，是个会享受食物的人。

喝个兴起，她叫老板开瓶最好的香槟。

餐厅的服务是第一流的,香槟放在冰桶中转了又转,等到凉度刚好,即刻拉上来波的一声开了,倒入细口的长腰玻璃杯。

她狂饮,最后干脆张大了口,把杯子咬住,仰着头将酒吞下后,再叫一瓶。

"喂,我没有带那么多在身上。"我说。

"我请,"她说,"刚接了个客人,赚到一百块美金。"

我的刀、叉停在空中。

"你的眼睛,为什么有轻视的表情?"她安详地问。

我把头低下。

她的视线没有焦点,自言自语的:"人生并不是每天都是星期天。就算是,对一些人来说,不是假期,而是用来考虑这一天要怎么挨得过。"

始终,我都不敢再接触她的那双忧郁的蓝眼。

"来,"她笑道,"不谈这些,讲欢乐的,讲安东尼·高迪吧!你知道吗?西班牙电视台想拍他的一生,编剧导演要描写他抽过鸦片,而电视台不肯,现在大家吵个不欢而散,不知道拍不拍得成哩。"

又把第二瓶香槟干了。出门时,老板前来送客,又抱又吻,这个死老鬼!

约好下星期见。

"我这次一定会来的。"她说。

心里,我知道已经没有机会见到她。

过一阵子，房间里没有增加高迪的书，米罗和达利的画册却添多了。

　　今天，我们到一间疯人院去拍外景。

　　背后，又是那个熟悉的呼唤，你猜对了，我遇到那个蓝眼的少女，杂在病人之间。

　　"哈哈，你怎么会有一个朋友在这里？"同事们不停地取笑。

　　我没有听见，只看到她的双眼，蓝得有点灰白。

　　"给我一根烟吧！"她说。

　　我即刻扔了一包给她。

罚

彼得是我们的武师，他做事非常勤力，经验亦独到，卖命事更是拿手，有这么一个专业人士，当然大家都喜欢他。

除了喜欢开快车之外，彼得这人并没有什么缺点。

南斯拉夫这一边的公路，时速限定为七十公里，连接的意大利那一边，时速限定为六十公里。

彼得一下子忽略了，和他太太到米兰的途中，被交通警抓住，控他超速。

"你看，你多该死，报应啦，这叫报应。我一直叫你不要开快车，你从来没有听过我的话。现在好了，人家要告你了。活该，我说过你总有这么一天的，他最好罚你重一点，看你以后还学不学日本的神风敢死队。和你结婚了几十年，就是不能忍受你开快车，我妈妈也警告过你，你也从来没有听过她一句话。你根本就不尊重我妈，不尊重她，就是不尊重我。现在看你还敢作威作福，好，好，罚重一点！"

彼得的太太滔滔不绝地骂他。

那意大利交通警在罚款簿上写到一半，忽然停下，问彼得说："先生，请问你这位女士在说些什么？"

彼得的意大利话也讲得不错的，回答道，"没有，没讲什么，只是我们家里的一点琐碎的事情。"

"相信不是那么简单吧？"意大利交通警说，"再请问一下，你和这位女士的关系是什么？"

"她是我太太。"彼得忠实地回答。

交通警把簿子一关，向彼得敬一个礼，叽里咕噜地说了几句，便骑上自己的电单车开走了。

"那警察说些什么？"彼得的太太嘶叫，"他到底说些什么？他为什么要放过你？他为什么不罚你？"

彼得不肯说给他太太听，但她再三的追问，彼得只好忠实地回答道：

"那警察跟我说，你已经受够，我不必再罚你了。"

武术指导东尼

东尼是我们的南斯拉夫武术指导，他在上一部电影演科学怪人，不化妆，也很像。

我遇到的两种最喜欢讲话的人是律师和武术指导，东尼在大学是念法律的，两者在一起，又加上他是个粗口大王，滔滔不绝地说："我生长在一个天主教的家庭，父母从小就教导我成为虔诚的教徒，但是我长大后，读天主教、基督教的《圣经》，他们的目的不一样，版本也不同。后来我再读《可兰经》、佛经、资本主义和共产主义思想，什么都看。这些书让我对宗教感到怀疑，他妈的，我从此就不上教堂。我老婆和我女儿要去教堂是她们的事，我从不阻止她们，但她们也别想拉我去。我只要求她们把家管得好好的就是了。我读了这么多书对我一点用处也没有，我只学会了赚钱，赚钱，赚钱。刚做武行的时候很辛苦，哪里有什么安全玻璃或飞机木？他妈的，他们叫我跳我就跳，你看，我一身都是疤痕。我只有一个问题，那就是：'你们要付我多少钱？'意大利西部片流行的时候我演牛仔，战争片卖座我就演纳粹党，做什么角色都不要紧，只要他妈的有钱赚就是。这几十年来常出国去拍戏，储蓄了一些老本，把钱放在奥地利的银行，另外在南斯拉夫也做投资，开了一间蜡烛厂交给我老婆管理，这里的私人工业不能做得太大，我又开两间交给我的两个小舅子。我已经不用卖老命了，但是，谁叫我迷上电影，不拍全身不舒服？有一天，中央派人来见我，要我入党。他们告诉我：'共产主义主张全世界的工人平等。'但是我说德国工人来到奥地利，就比奥地利工人高一等；奥地利工人来到这里，就比南斯拉夫人高一等；我们去阿尔巴尼亚，就比阿尔巴尼亚人高一等；阿尔巴尼亚人只好怪他妈的阴户把他们生下来，天主教和共产主义是一样的，唯有的不同，是天主教答应教徒说死后有更美好的一生；共产主义答应党员说死后下一代有更美好的一生。我呢？他妈的阳具，我不要等下一生也不要等下一代，我赚钱是给自己花，自己享受，那里管他妈的那么多？结果他们没趣地走了。"

大眼妹

小镇上有座绘满壁画的巨宅，我们在那里拍时装表演的戏。

巨宅外站着一个高大的警察，非常友善，虽然他不会说英语，但用手势和我们沟通，说过不久便要退休了。

南斯拉夫临时演员的质素很高，穿着他们最好的衣服上阵。

其中，有一个大眼妹，脸型和身材都略为圆满，深深的乳沟，香港的工作人员看得都发呆。

休息时，大家围上去和她交谈，知道她是一个攻电脑的大学生，趁着暑假来赚一点外快。

"大学生？"我们的武师说，"我的女朋友没有一个读过大学，今晚收工定要约她出来！"

"你他妈的别想吃天鹅肉了。"摄影助手说，"我已经和她讲好一块儿去迪斯科。"

"奇怪。"副导演道，"她也答应了和我出外。"

"谁约她都行。"灯光师说,"我已经看到有八个男人和她谈过,每一个她都点头。"

"那你们为什么不上呀!"我问。

"唉,"剧务感慨地说,"她住的这个小镇离开我们一个多小时,就算约到她出去,也挺麻烦的。"

"留她过夜不就行吗?"道具同事说。

"不,她说她一定要回家,送她到这里已经三更半夜,谁肯干?"副导说。

众人都摇头叹息。

南斯拉夫工作人员看到中国人踌躇,笑着上前勾搭,其中一个副导更拉着大眼妹的手,两人依偎而去。

不久,南斯拉夫副导用英语向我们说:"这种事何必接送,在化妆室里就地正法,不就了事?"

我们听了又嫉妒又羡慕。

这时冲进一条大汉,用棍子向那副导当头就打,打得他头破血流,原来是那看门的警察。

那大眼妹是他的女儿。

中国人都伸出舌头,由后悔转变到庆幸。

催命鬼

札尔克列没有中国餐馆。前一些时候由三个厨子开了一家，不久便因生意惨淡而倒闭，现在他们在同地方又挂了阿根廷菜的招牌，继续烧阿根廷菜。

奇怪的是，这三个厨子，没有一个是阿根廷人，当然也没有一个是中国人。

我们一大批工作人员，吃是一个问题，总不能每天挨老外的牛排猪肉，结果还是由香港带来了一名厨师。

他的名字叫崔明贵，阿贵年纪只有三十左右，来头可大，他跟随我们去西班牙煮食，算是旅行最多的厨师之一。

吸收了上一次的经验之后，阿贵做好准备工夫，带来两个大电饭煲，几个蒸笼。

菜是分四组上桌，每组四菜一汤。因为我们的工作时间不定，吃饭当然也算不准。阿贵的蒸笼是用来救急的。

随便改通告，临时变更进食时间，阿贵便把那四组菜放在四个大蒸笼中一炊，即刻热腾腾地上桌。

汤是几小时前煮好的一大锅，由香港带来的清补凉干粮为佐料，加上瘦肉，清甜得很，大家一喝几大碗。

肉类大家吃怕了，阿贵会买几尾又大又肥的鱼来蒸。这种蓝鳟在亚洲很难吃到，冷冻输入到日本，一尾好几千元，但在本地价钱极便宜。

蔬菜和我们类似的有椰菜、香菜等等，烫熟后加上蚝油，简单可口。

香喷的味道传出，南斯拉夫人麇集，大家都想尝试美味，这是令阿贵最烦恼的事。

他要照顾中国人外，还要分给南斯拉夫人吃。

不过当地人自动得很，等我们用完他们才来吃剩下的东西，所以每天不用倒垃圾。

另一件使阿贵不愉快的是南斯拉夫人把崔明贵这个名字读歪了，叫他做"催命鬼"。

最后我校正他们的发音，变成"菜名贵"，大厨才破涕而笑。

私
酿

厨师阿贵，患病归乡，我们租来当厨房的拖车也退了回去，好久没吃到中国菜。

中秋之前，租了一间屋子，租金便宜，还有一个长满果树的大花园。

那晚上，大家在新居做饭，争着要做大师傅，我只负责买菜，烹饪之职交给了其他的年轻人。

等待之间，我逛花园，它连着另一人家，走上去一看，有个老太婆在酿酒。

酿酒用具分几个部分，先是像大石油桶一样的容器，把在花园中成长的果实，如梨、杏、枣等放在其中腐烂，十天之后，把已变成液体和渣的果实倒在另一个桶中过滤，再将它们装进蒸馏器中，用猛火煮之，蒸气经过一条管，进入另外一个机器中冷却，最后滴出来的，便是酒了。

我从来没有看过这么新鲜出炉的酒，口水直流。

老太婆微笑招手："过来喝一杯吧。"

巴不得呢，马上点头。她由容器中倒了一大碗给我。

一喝，啊，又甜又香，但是非常性烈，差点呛喉。

"再蒸几次，便会变成更烈。"老太婆说，"现在蒸出来的，有时酒精还不够。"

"你怎么会知道够不够酒精呢？"我好奇地问。

"很容易。"她喝了一口，把酒吐在火炉中，轰的一声，发出巨大的火焰，说，"这不就知道了？"

"私酿酒不犯法的吗？"

"全世界只有少数国家可以私酿。"她说，"南斯拉夫是其中一个，我自己做酒给自己喝，已经有六十年了。"

看她还不太老，问她道："您今年有多大年纪了。"

"快九十。"她笑，"还是天天要喝！"

她令我想起我的母亲，我轻轻地叫她一声妈妈，老太婆大悦，走上前来把我紧紧抱住。

孖

南斯拉夫的孪生子特别多。

单说我们的工作人员中，就有两对是孖仔，常把他们认错。

孪生并不一定个性是相同的。司机马兰和李奥样子一模一样，但是一个喝酒一个抽烟，混熟了看到拿着酒杯的是哥哥，烟不离手的必然是弟弟了。

拍外景时，结交一些当地人，也有好几对是孖生，其中的玛丽安娜和维士娜最令人感兴趣，她们只有十六岁，长得很美。

"谁是姐姐，谁是妹妹？"

维士娜说："玛丽安娜是姐姐，她比我早八分钟出世，就变成大姐了，这世界实在不大公平啊。"

玛丽安娜笑笑，她不太多说话，比她妹妹文静得多。

"介绍马兰和李奥给你们认识吧，孖生对孖生，一定很好玩。"同事打趣。

"我已经有男朋友了。"妹妹维士娜吃吃地："不过，玛丽安娜还是个处女。"

玛丽安娜羞得把头低下去。

"你的男朋友呢？"同事问妹妹。

"在我家。"维士娜说。

"你家？"

"是呀，反正天天在一起，干脆就叫他搬来和我们一块儿住。"维士娜轻描淡写。

"你爸爸不反对？他是干什么的。"

"爸爸是个军人，中尉，他很开通，我们都大了，他知道要反对也没用。"

"男朋友是学生？"

"是的，念理科的，他说他爱我爱得发狂，我不大相信，你知道读理科的人大多数很冷静，什么事都分析得很清楚。"

"那他知道谁是姐姐，谁是妹妹啦？"我问。

妹妹维士娜回答："当然啰，他从来没有搞错过。"

"我绝对看不出，我很糊涂。"我说。

姐姐玛丽安娜终于开口："糊涂得好，糊涂得好。"

疯女和警察

一大早爬起来，看看表，才六点钟，肚子饿得要命，今天又是礼拜，什么食堂都不可能在这个时候营业，怎么办？

有了，我住的旅馆离开火车站不远，那边的餐厅一定开着。散步过去，果然，已挤满黎明抵达的客人。

墙上写着菜单，我看到罗马字母的"奄列"，南斯拉夫语是相同，便拉着侍者，指指它，并大声说："蔡，蔡。"

到这里学到的是茶的发音和我的姓一样，实在好记。

过一会儿，侍者拿来了蛋、面包和茶，这顿早餐虽然单调但也饱肚，总不能祈求虾饺烧卖和糯米鸡呀！

南斯拉夫人相当友善，他们很少看到东方面孔，有几个走过来问长问短地会说几句英语，我也乐得和他们交谈。

忽然，我感到有个人站在我身旁直瞪着我，而且是个女的。不可能吧？我不敢转过头去看她。

"青青苍苍。"她说。

我不得不理会。原来是个三十岁左右的妇人，眼睛很大，面孔还不算难看，她的青青苍苍的意思，是学中国人在讲话。

她大剌剌地在我对面坐下，用英语向我说："我是一个警察。"

闻到一股强烈的酒味，这个女人不但是疯了，还是个醉酒鬼。她一张口，牙齿和牙齿之间的夹缝是分开得很宽的，眼露凶光，的确是有点吓人。

"请我喝杯酒！"她说。

我叫侍者过来，付了自己的早餐和她的酒钱，起身走开。

哪知道这个癫婆拉着我，不肯放人，大家看着我们，我真的给她搞得尴尬不堪。

终于有个警察走过来解围。

疯女指着他的鼻子，说："我是警察，你是什么人？"

"你是警察，我是医生。警察也得听医生的话。"警察懒洋洋地说完，把她送走。

童话

南斯拉夫摄影助手波里斯，爬上山去摆机器的时候，不小心给石头擦破了手掌，连皮带肉，整块不见。

过几天，看到他甚痛苦，伤处已起脓，这个人天生硬骨头，粗野得像一只狮子，小事眉头皱也不皱，现在这种情形，一定痛得厉害。

我说："为什么不搽药。"

他摇摇头，回答道："我不相信什么鸟药，自然会好的。"

我就由药箱中拿出一小瓶的云南白药出来给他看。

"这是什么？"他问。

"中国的特效药。"我说，"搽了即刻会好的。"

他的眼光中表现出疑问。

我知道不推销他是不肯用的，所以滔滔不绝地说："这种药是几千年传下来的秘方配制的。以前皇宫里才有。"

"真的？"他翘起一边眉。

"当然是真的啦。"我继续，"现在老百姓也能用，还不快点搽上。"

"瓶子里那粒小红丸是干什么的？"他问。

"那是给中子弹时才服的保险丸，你没有伤得那么严重，只涂上粉就是了。这种药，韩战时缺货，卖得几百块钱一瓶。"我强调。

"那么厉害？"

"试试便知。"

波里斯终于伸出手，我把药粉放在他的掌心中。

"要是能够医好，才是童话了。"他还是不相信地说。

我不再多讲，由他去。

再过几天，波里斯的伤处果然收口，干成一块硬皮，他走过来道谢，大声呼喊："真灵！真灵！"

以后，他每次见到我，都伸头过来依偎在我的胸口，以表示感激。看他那样子，我想起为狮子的掌中拔出刺的故事，在现实生活中，也有童话。

野人

野人是我们的杂工，方块脸，蓄胡子，肌肉硬如石。

要拍一场黎明大战的戏，早几天已准备，服装和道具都留在郊外，由野人去看守。

利用休息，星期天凌晨三点，和导演及摄影师去观察日出的时间，南斯拉夫目前日长夜短，不过太阳的上升依天气而定，晴天四点，阴暗五点，很难作准。

抵达现场，野人老远地跑来相迎，他多天没有说话了，见到我们即刻咿咿呀呀，不管我们听懂听不懂。

虽说是夏天，这里的深夜只有十度左右，我们都要披皮衣，但野人光着膀子，指着我们哈哈大笑。

生了营火，大家围着它等待，野人示意他要走开一会儿。回来时，手上拿着三个大玉蜀黍。问他是不是偷来的？野人摇头，喊道："自助餐，自助餐。"

将柴木拿开，剩下烧红的炭，野人把玉蜀黍放在火上煨，摄影师问说为什么不多拿一个?

野人说:"三人,三个。够了,我不吃。"

给他那么一说,我们这群贪心的城市人不禁感到羞耻,是呀,吃多少拿多少,那不是自然的规律吗?

玉蜀黍发出香味,但在炭中沾满了炭,怎么下口?野人等它烤得熟透的时候一手拿起,在石上一敲,灰烬掉尽,然后把黍皮一擦,干干净净。又香、又甜,玉蜀黍柔软得不粘牙,一颗颗黄金般地闪亮。

接着他又煨了番薯,切开洋葱,什么食物都是就地取材。

最后,野人扑通一声,跳入河中,冰冷的河水对他说是舒服的,不久,他便抓到三条大鱼,削尖了树枝叉着鱼拿在火上烤。

"要不要多抓几尾?"他问。

我们摇摇头:"三人,三条,够了。"

野人知道我们在学他的口吻,笑着默然地烤鱼。

望着他,觉得人类是多么的美好。

忽然,我发现野人没有参加我们的工作。笨重的机器,没有他来抬进度缓慢了许多。

"野人呢?"我问。

"不干了!"

"为什么?"

南斯拉夫人指指头颅:"他脑筋有问题,走了!"

我对这个答案显然地不感到满意,但也没有办法,是他自愿不干，又不是我们炒了他的鱿鱼。

"酋长！酋长！"路上有人在叫我，这是野人对我的称呼，我一听就知道是他，停下来和他握手问好。

主要的原因是这里的电影公司把他的薪金扣掉，剩下给他的很少。野人说："酋长，你很好。这里的公司，黑手党！"

我们分别。以后，常见他在酒店附近浪荡。

渐渐地，他酗酒，自己一个人大叫大嚷："黑手党！黑手党！"

"剥削人工，是城市中常有的事。"我告诉野人，"吃亏一点，总比没得捞好。"

"不，不，我在乡下，赚一块是一块。"野人说完走远。

半夜，电话响，有人在叫酋长。

赶下楼，吓得一跳，野人满脸是血。

"警察打的。"他说。

我掏出一把钱塞在他手里："野人，回去吧，回到你的乡下，回到你的大自然。这里，不适合你。"

野人点点头，悄然离开。

好一阵子没人叫我酋长，偶尔会想起这位粗犷又可爱的人物。

今天又在城市中看到他，喝得醉醺醺的，大骂电影公司是黑手党。

"你回来干什么？"我问，"乡下那里不好吗？"

野人悲愤地说："我已经赶不上我乡下的朋友，城市是一个铁笼，我要死，也得回到这里来死。"

阿珊

和化装师爱姐同住的是服装设计阿珊。

阿珊也煮得一手好饍，但是，她说，在家里从来没踏入厨房一步。对烹调艺术，有些人一生下来就懂得。桌上什么菜，是怎么烧，一目了然，阿珊就是这种人。

"我要你写一篇文章，赞扬我的厨艺。"阿珊要求。

"没问题。"我回答，"一食之恩，没齿难忘。"

"什么？"阿珊说，"你掉了牙？"

"不不，"我不再解释，"你烧过菜给我吃，我很感激的。"

"那么你要写些什么？"阿珊问。

我说："我写你的菜好吃啰。"

"就是几句话那么简单？"

"就是这几句话，你回香港之后，有大把男子排队等你做菜给他们吃。"

"是吗。"阿珊显然高兴，多烧了一道，还帮我夹菜。

"唔唔。"我更作欣赏状。

"你还可以写多一点其他的。"她说。

我问："写什么？"

"写我人聪明。"

"OK。"我想这也是事实。

"写我只有十八九。"

"唔。"勉强一点，但无伤大雅。

"写我是全组最漂亮的女人。"

"喂。"我叫了出来，"我能违背良心，但也不能违背到那个程度呀，打个折扣吧。"

阿珊出手阔，一减半价以上："写我样子不讨厌总可以罢？"

终于达成协议，我向她说："最怕是这篇文章登出来之后，排队追你的不是男子，而是整群八婆，每天要你煮东西给她们吃，把你烦死为止。"

成龙的私人秘书叫 Osumi，日本人。

在东京，成龙有办公室，他派了一个香港女人去学日语，叫
Osumi 过来修粤语，结果去东京的那个嫁了日本人，而 Osumi 来
了数年，也和成龙的手下文清成亲。

Osumi 的粤语很流利，但时常把句子颠倒来说，动词放在最
后，是日本人的习惯。

一早开工，她会走进成龙房，为他放热水洗澡，做早餐等
等，一切准备就绪，她才把成龙叫醒。到了现场，她的工作却轻
松一点，之前，她总忙得团团乱转。收工之后，她又安排成龙的
吃饭和解释香港打来的文件传真，又是忙得团团乱转。

有时看到了不忍心，成龙总赞许她几句，但是她最爱听到的
是成龙说："明天轮到我放水给你洗澡。"

十二年来，Osumi 也将自己训练成一个职业的摄影师，拿着

专业相机，在没有摄影人员跟班的时候，她负责拍成龙的生活照，大家在杂志上看到的，有很多是她的作品。

对各种傻瓜相机，她更熟悉，因为有许多影迷来求和成龙一齐拍照时，手忙脚乱，连自己带来的相机快门在什么地方也不知道，这浪费了成龙很多时间，遇到这种情形，Osumi 一个箭步，将相机抢过来，噼噼啪啪地，一连就拍了几张，速度之快，谁也赶不上她。

Osumi 的厨艺也很了得，成龙爸爸的茶叶蛋给他学得十足，一煮就是二十个钟。中途有什么人来熄火，一定给她骂，口吻和成龙爸爸骂人熄火一模一样。

真是找不到她有什么缺点，唯一是她不像日本旧女性那么温柔。温柔功夫，反过来让她先生做了。还有，和成龙的一班武师混久了，粗口一流，惹怒了她："×#&？＄O！"比男人更精彩。

周
华
健

　　周华健来墨尔本开演唱会，我去接机。他一抵埗，先到我们的戏里演一个角色。

　　起初，大家都在讨论给他做些什么？

　　我建议，要拍的戏中，有一群哈利友地狱天使在团体结婚，三十对人，镜头由最后一对新人面前拉后，到最前面的那一对，新郎是梁家仁扮的大胡子电单车骑士，而他的新娘，竟是周华健。这一来，一定让观众有个很意外的惊喜。

　　结果剧本改了又改，现在拍的是完全一个不同的版本，想出更好的主意，现在卖个关子，让各位去猜猜。

　　周华健人极随和，谈吐带着知识，非常开朗，是位难得的歌手。他和成龙演对手戏，给香港和澳洲的工作人员一个很亲切的印象，大家都说："好人两个。"

　　赶到墨尔本之前，他在悉尼演唱，已有两天没睡觉了，来了现场，还没拍到他，他在车上即刻睡去，醒来，完全像一个新的人，生龙活虎。吃完晚饭，他又不去睡，带我们到游戏中心去打电子机。因为，他说，在香港和在台湾，都没时间玩。

娱乐工作者的一股淡淡的无奈，由此可见。

华健在吃东西吃得很开心，很享受，吃得很多。别人吃剩的一大碟鸭子，伙计要把它收掉，他不客气地叫他们放着，自己慢慢欣赏。从他进食的习惯，可以看出他做人的信心。

原来他也看过我的书，时常举一些我讲过的事来逗我笑，他自己也很爱笑，笑的时候很大声，一点也不修饰。

华健有今天的成功，不是偶然的，努力，不在话下。最主要的是他有一份真，一份周围人已经失去的真。

我相信我们可以做好朋友。

大　家　姐

　　最近我们队里掀起了一片买劳力士表热潮，一人手上一只。

　　抢先购买的是所谓三六九的。为什么叫三六九，原来表面上有这三个数字，每一刻一个字，十二则无。这表在香港给一些女明星炒得很贵，在墨尔本的一家香港人开的表行中，可便宜港币两千。

　　表行老板说三六九收藏价值不高，热潮很快便退，要花这个钱，不如买一些数十年不变的表款，这话正合大家姐之意。

　　制片亚萍，驾车、送货、负责我们三餐，女流之辈，不逊任何操体力的男子，所以众人都叫她大家姐，连唐人街泊车的阿伯，也大家姐前大家姐后地叫她。

　　大家姐最爱在午饭休息时间和放工后，往表行里钻，她是个"劳迷"，碰到有新货就马上通知队里兄弟姊妹，非常热心。结果在她大力推广之下，不少人都成为"劳主"。

人家买，大家姐在一旁看。同事成交了，买了一只她自己付不起的贵表，她比买主还要高兴。她的"伟论"是，别人快乐，她自己也快乐。

同个伟论推广到她看同年的女友个个结婚，大家姐还是笑口常开，做她的单身贵族。

最后，大家姐千挑万选，买了一个最便宜、最传统的女版"钢劳"，说贪图这个表可戴一生一世。

同事们却暗暗祝福大家姐，说从她可爱的个性，最后一定会选中一个实而不华、对她忠实、百年不变的丈夫。

这位先生没有"钻劳"的耀眼，也没有"金劳"的暴发户味，更不是"三六九劳"那么轻浮。

忽然耳边响起"丽的"时代的《大家姐》片集主题曲："大家姐，你系得嘅……"